KB078369

天山樓

천산루

조도형 新무협 판타지 소설

FANTASTIC ORIENTAL HEROES

천산루 7

조돈형 新무협 판타지 소설

초판 1쇄 찍은 날 § 2015년 3월 10일
초판 1쇄 펴낸 날 § 2015년 3월 16일

지은이 § 조돈형
펴낸이 § 서경석

편집부장 § 권태완
편집책임 § 박은정

펴낸곳 § 도서출판 청어람
등록번호 § 제387-1999-000006호
등록일자 § 1999. 5. 31
어람번호 § 제2-2577호

주소 § 경기도 부천시 원미구 부일로 483번길 40 서경B/D 3F (우) 420-822
전화 § 032-656-4452 팩스 § 032-656-4453
http://www.chungeoram.com
E-mail § chungeorambook@daum.net

천산루

天山樓

조도형 新무협 판타지 소설

7

FANTASTIC ORIENTAL HEROES

도서출판 청어람

천산루

49장

폭풍(暴風)은 몰아치고

회의장에 모인 무황성과 각 문파 대표들의 표정은 상당히 굳어 있었다.

지난밤에 의협진가와 수호표국이 공격을 받아 잿더미로 변해 버렸다는 충격적인 소식이 전해진 바, 수호령주가 과연 어떤 반응을 보일지 상당히 걱정하는 모습들이었다.

의협진가와 수호표국을 공격한 이들 중 혈연으로 맺어진 참마문(斬魔門)의 제자들이 대거 포함되어 있다는 것을 확인한 이화검문의 분위기는 특히나 무거웠다.

희천세가 무표정한 얼굴로 앉아 있는 진유검을 슬며시 살핀 후 착잡함을 감추지 못하고 입을 열었다.

"다들 알고 계시겠지만 무창에서 참으로 황망하고 우려스런 일이 벌어지고 말았소."

회의장 곳곳에서 안타까운 신음과 탄식이 터져 나왔다.

희천세가 한숨을 내뱉은 후, 제갈명에게 물었다.

"정확한 피해 상황은 파악이 된 것인가?"

"어느 정도는 파악이 되었습니다."

"심각… 한가?"

희천세의 음성이 절로 떨렸다.

제갈명의 대답 여부에 따라 수호령주의 반응 또한 극명하게 갈릴 터였다.

어쩌면 최악의 상황이 벌어질 수도 있었다.

"인명 피해는 크지 않습니다. 다만 의협진가와 수호표국이 잿더미로 변한 것은 확실한 것 같습니다."

"인명 피해가 크지 않다고 하니 불행 중 다행이군."

희천세가 안도의 숨을 내뱉으며 고개를 끄덕였다.

회의장에 모인 대다수 또한 희천세와 비슷한 마음이었다.

"의협진가를 공격한 자들은 어찌 되었나?"

사공추가 물었다.

"무황성 무창지부에 모여 있습니다."

"죄를 물어 압송된 것인가?"

"그렇지는 않습니다."

"그렇지 않다니?"

사공추의 미간이 확 찌푸려졌다.

"일전에 의협진가와 루외루와의 싸움에서 상당한 피해를 당하기도 했고 세외사패와의 싸움에 대비하기 위해 거의 모든 병력이 각 전선과 가까운 지부로 이동을 한 상태입니다. 현재 무창지부의 전력으론 그들을 제지하거나 압송할 능력이 되지 않습니다."

제갈명이 씁쓸한 미소로 답했다.

"하면 그들이 자발적으로 그곳으로 갔다는 말인가?"

"그렇습니다."

"이유가 있겠군."

"예, 의협진가와 수호표국을 불태운 후 무창지부에 모인 그들은 성주님의 암살을 배후에서 지시한 의협진가와 태상가주님의 죄를 벌하라는 주장을 하고 있습니다."

"허!"

사공추가 어이없다는 표정으로 헛바람을 내뱉는 것과 동시에 회의장 곳곳에서 욕설이 터져 나왔다.

분노를 참지 못한 몇몇 사람은 그들이 루외루나 세외사

패의 사주를 받고 조직적으로 움직인 것일 수도 있다는 주장을 내놓았지만 그것이야말로 지나친 추측이라며 반박이 나오고 또 그에 대한 재반박이 이어지면서 회의장은 그야말로 난장판으로 변해 버렸다.

엉망이 된 회의장의 분위기는 희천세가 몇 번이나 정숙을 요청한 다음에야 비로소 가라앉았다.

의자 끌리는 소리가 들리며 발언권을 얻은 문회가 천천히 자리에서 일어났다.

순간, 회의장엔 묘한 긴장감이 흐르기 시작했다.

누구보다 강력하게 태상가주와 의협진가를 압박했고 이번 무창에서 벌어진 상황에도 어느 정도는 연관이 있다고 할 수 있는 곳이 바로 이화검문이기 때문이었다.

"우선 본가는 무창에서 벌어진 참사에 대해선 안타까움을 금치 못하고 있음을 말씀드리고 싶습니다. 더불어 그들의 잘못을 엄히 추궁하여 벌을 내려야 한다는 주장도 하고 싶습니다. 아무리 의도가 좋다고 해도 그런 식의 폭력적인 방법을 용납해선 안 되기 때문입니다."

문회의 말에 곳곳에서 비웃음이 터져 나왔다.

그럴듯하게 치장을 하기는 했지만 의도가 좋았다는 말로써 무창지부에 모여 농성하고 있는 자들의 행동에 정당성을 부여하고 태상가주와 의협진가를 사실상 죄인으로 단정 짓고 있음을 눈치챈 것이다.

그것을 모를 리 없음에도 제갈명은 물론이고 진유검까지도 별다른 반응을 보이지 않았다.

누구보다 태상가주와 의협진가를 두둔했던 제갈명의 느긋한 태도는 의구심마저 자아내게 할 정도였다.

오히려 다른 이들이 나서서 함부로 말하지 말라며 강력하게 항의를 했지만 문회는 그들의 항의에 대해선 아예 신경조차 쓰지 않았다.

"중요한 것은 어째서 그런 참담한 일이 벌어졌느냐는 것입니다. 다른 곳도 아닌 무림의 존경을 한 몸에 받고 있는 의협진가에서 말이지요."

문회의 음성이 커지기 시작했다.

사람들은 그런 문회와 팔짱을 낀 채 여전히 무표정한 얼굴을 하고 있는 진유검을 번갈아 바라보며 긴장감을 감추지 못했다.

나머지 삼대가문, 나아가 무당과 화산 등의 지지를 등에 업은 문회의 도발이 점점 강해질 것은 뻔했기 때문이다.

"군웅들은 목숨을 잃은 시비의 말대로 정말로 태상가주와 의협진가가 성주님의 암살에 관여를 한 것인지 아니면 다른 어떤 세력의 음모에 휘말린 것인지 정확하게 알고 싶어 합니다. 그리고 당연히 알 권리가 있습니다. 이번 일만 보아도 그렇습니다. 군사께선 저들이 태상가주님과 의협진가에 대한 처벌을 주장하고 있다고 말씀하셨으나 하나 제가 알기론 그저 단순히 처벌만을 요구하는 것이 아니라 암살 사건에 대한 전모를 정확하게 밝히라 주장하는 것으로 알고 있습니다."

"참마문에서 소식을 전해온 모양이군."

사공추가 가소롭다는 듯 말했다.

사공추의 독설에 잠시 당황한 낯빛을 보이던 문회가 단호히 고개를 저었다.

"참마문이 이화검문과 혈연으로 맺어진 것은 사실이나 이번 일은 본가와 아무런 연관이 없습니다. 아울러 어떠한 연락도 취한 적도 없고요."

"그것이야 두고 보면 알게 되겠지. 참마문 따위가 감히 의협진가를 도모한다? 허허! 이거야말로 이해하기 힘든 일 아닌가? 뒷배가 있지 않고서야⋯⋯."

사공추가 뒷말을 흐렸지만 그가 말하고자 하는 의미는 명확했다.

이화검문이 무창성에서 벌어진 일의 배후에 있는 것은 아니냐는 강력한 힐난.

"절대 그렇지 않습니다. 본가는 아무런 관련이 없습니다."

문회가 벌게진 얼굴로 항변을 했지만 사람들의 의심은 쉽게 사그라들지 않았다.

문회가 사공추의 언변에 말렸다고 생각한 이호연이 슬며시 끼어들었다.

"가주님의 말씀대로 뒷배가 있을 것 같기도 합니다."

"가주님!"

문회가 깜짝 놀라 이호연을 불렀다.

사공추가 의외라는 얼굴로 이호연을 바라볼 때 이호연은 회의실에 모인 이들을 느긋하게 둘러보며 말을 이었다.

"성주님의 암살 사건을 두고 무황성의 의견이 두 개로 갈렸다는 것을 모르는 사람은 거의 없습니다. 발 없는 말이 천 리를 간다고 이미 전 무림에 작금의 상황이 알려졌을 겁니다. 그리고 무창지부에 모인 이들은 그중 하나의 의견에 동조를 한 것이지요. 결국 그들의 뒷배는 태상가주를 심문하여 이번 사건의 배후를 정확하게 밝혀내야 한다고 주장하는 우리 모두가 되는 것입니다."

이호연의 지원에 딱딱히 굳었던 문회의 낯빛이 환해졌다.

이화검문이 무창성에서 벌어진 일에 대한 배후일 것이라는 의심도 순식간에 사라지는 것을 느낄 수 있었다.

'능구렁이 같으니.'

사공추는 이호연이 교묘한 화술로 회의장 분위기를 대번에 바꿔 버리자 몹시 심기가 불편했다.

사공추의 시선이 제갈명에게 향했다.

지금의 제갈명은 평소 알고 있는 그가 아니었다.

적극적으로 해명하고 반론을 펼치던 모습과는 달리 사대가문의 연이은 공세에도 어찌 된 일인지 태연하기만 했다.

문득 의구심이 들었다.

자신도 모르는 뭔가가 있을지도 모른다는 생각에 시선은 자연히 진유검에게 향했다.

때마침 제갈명을 향해 고개를 돌리던 진유검과 눈이 마주쳤다.

진유검은 의협진가를 위해 나름 열심히 변호를 해준 것에 대한 답례 차원인지 가볍게 고개를 숙였다.

사공추는 고개를 숙이는 진유검의 입꼬리가 살짝 말아 올라간 것을 놓치지 않았다.

지금 분위기와는 전혀 어울리지 않는 미소.

순간적으로 나타났다가 사라진 것이지만 틀림없이 보았다.

자신도 느끼지 못하는 사이 전신에 소름이 돋았다.

"이제 정말 결론을 내릴 때가 된 것 같소이다."

문회, 이호연에 이어 형주유가의 수장 유진까지 입을 열었다.

"성주님께서 비명에 돌아가신 지 벌써 여러 날이 흘렀지만 지금까지 파악한 것이라곤 암살에 쓰인 독과 정체를 알 길 없는 암살범들의 시신뿐입니다. 게다가 결정적 증인이라 할 수 있는 시비까지 지난밤에 목숨을 잃고 말았지요. 이제 남은 것이라곤 그 시비가 남긴 증언뿐. 물론 당연히 아닐 것이라 믿고 있고 또 확신을 하고는 있으나 모든 의구심을 해소하기 위해서라도 태상가주에 대한 심문은 피할 길이 없을 것 같습니다. 만약 제대로 된 조사 없이 차일피일 시간만 지체한다면 무창성에서 벌어진 일과 같은 일이 또 없다고 어찌 장담할 수 있겠습니까?"

유진의 주장은 큰 울림이 있었다.

며칠 전부터 비슷한 논조로 많은 말이 오갔지만 무창성에서 생각지도 못한 참사가 일어난 이후인지라 의혹을 해결하지 못하면 같은 일이 벌어질 수 있다는 유진의 주장이 무겁게 회의장을 짓눌렀다.

평소라면 벌 떼처럼 일어나 그의 주장에 반박을 내놓아야 할 사람들조차도 침묵을 지켰는데 그들은 제갈명의 반응을 이해하지 못하겠다는 표정을 짓고 있었다.

마침내 모두의 주목을 받으며 제갈명이 입을 열었다.

"제가 그동안 태상가주님에 대한 조사를 뒤로 미루자고 한 것은 성급한 조사로 인해 벌어질 여러 가지 문제점에 대한 걱정 때문이었습니다."

제갈명의 말이 끝나기도 전에 모두의 시선이 수호령주에게 향했다.

수호령주가 그동안 보여준 성정상 제갈명의 우려가 단순한 기우가 아님은 반대쪽 의견을 내놓은 사람들까지 인정을 할 정도였다.

"충분히 이해합니다. 하나 수호령주가 도착을 했으니 더이상 조사를 미뤄선 안 될 것입니다."

문회가 재빨리 끼어들었다.

"물론입니다. 이미 조사는 시작되었습니다."

제갈명의 자신만만한 대답에 문회의 몸은 그대로 굳고회의장은 술렁이기 시작했다.

"하면 태상가주님에 대한 심문이 시작되었다는 말씀입니까?"

문회가 다급히 물었다.

"아직은 아니나 곧 있을 것으로 압니다."

"지금껏 여러 조사는 계속 이어져 왔네. 심문이 시작되지 않았는데 조사는 또 무엇이란 말인가? 아니, 그보다는 누가 심문을 한다는 것인가?"

이호연의 물음에 대한 답은 제갈명이 아니라 진유검으로
부터 흘러나왔다.

"제가 합니다."

제갈명에게 향했던 시선이 일제히 진유검에게 향했다.

"농담이 지나치군. 자네가 무슨 자격으……."

이호연이 말끝을 흐렸다.

따지고 보면 자격은 충분했다.

수호령주라는 지위를 감안했을 때 오히려 가장 적격인
사람이 바로 진유검이었다.

"수호령주의 자격으로 조사할 것입니다."

"있을 수 없는 일입니다. 죄인과 인척이 되는 사람이 어
찌 조사할 것이며 조사한다고 한들 제대로 된 조사가 될 리
만무합니다."

문회가 희천세와 회의장에 모인 수뇌들을 향해 소리쳤
다.

"죄인이라면 누구를 말하는 겁니까? 설마하니 제 조부님
을 가리키는 것은 아니겠지요?"

진유검의 싸늘한 음성에 문회의 몸이 움찔했다.

순간적으로 내뿜는 진유검의 살기는 그가 감당하기에 너
무도 엄청났다.

"아직 조사가 끝나지 않았습니다. 함부로 단정 짓지 마시

지요."

진유검이 가벼운 경고와 함께 살기를 거두자 하얗게 질려 있던 문회가 거칠게 숨을 내뱉었다.

회의에 참석하고 있는 무황성의 수뇌들과 각 문파의 수장들은 그런 문회의 모습을 보곤 침음을 삼켰다.

그야말로 명불허전.

설마하니 이화검문의 수장을 이 많은 사람 앞에서 저리 망신을 주며 농락할 줄은 생각지도 못한 표정들이었다.

몇 달 전, 문일청을 스스로 자진케 한 사람이 다름 아닌 수호령주라는 것에 생각이 미치자 다들 두려움을 감추지 못했다.

"제 조부님에 내한 심문이 탐탁지 않으시면 원하시는 분께 맡기도록 하지요. 하지만 그 전에 수호령주로서 또 의심을 받고 있는 의협진가의 식솔로서 저는 이 사건에 배제될 생각은 없습니다. 뭐, 불만이 있다고 해도 어쩔 수 없습니다. 받아들일 생각이 없으니까요."

무례하기 짝이 없는 진유검의 말에 곳곳에서 분개하는 신음이 터져 나왔지만 딱히 드러내놓고 반발하는 사람은 없었다.

이화검문이 망신을 당했고 다른 삼대가문의 수장들이 침묵을 지키는데 괜히 나서서 불똥을 맞을 필요는 없다고 여긴 것이다.

"군사께서 말씀하셨다시피 조사는 이미 지난밤부터 시작되었습니다. 여러분께 단언컨대 만족할 만한 성과를 얻었습니다."

회의장이 그대로 얼어붙었다.

무황의 암살 이후, 무황성은 가능한 모든 전력을 동원하여 사건을 조사하였으나 독의 성분을 알아낸 것 외에는 별다른 성과를 얻지 못했다. 한데 고작 하룻밤 만에 만족할 만한 성과를 얻었다는 것이니 진유검의 선언은 모두를 놀래키기에 충분했다.

"배, 배후를 밝혀냈다는 말인가?"

제갈명에게 어째서 자신에게 그런 보고를 하지 않았냐는 듯한 불만을 은근히 내보이던 희천세가 깜짝 놀라 물었다.

"어느 정도는요. 그 전에 여러분께 묻고 싶은 것이 있습니다."

진유검이 사대가문의 수장들에게 시선을 돌렸다.

"제대로 답변하셔야 할 것입니다. 가문의 명예는 물론이고 어쩌면 안위마저 걸어야 하는 문제입니다."

진유검의 몸에선 조금 전, 문회에게 내보였던 살기와는 비교도 되지 않을 만큼 압도적인 기운이 뿜어져 나왔다.

질식할 것만 같은 무거운 기운이 회의장을 휘감고 사대가문의 수장이 진유검이 뿜어내는 기운을 상대하기 위해 필사적으로 애쓰고 있을 때 진유검이 착 가라앉은 음성으로 물었다.

"사대가문이 시비를 제거한 배후입니까?"

"말을 삼가게!"

이호연이 거칠게 탁자를 치며 일어섰다.

"우리를 어찌 보고 그런 말을 함부로 하는 것인가?"

진유검과의 불편한 관계로 인해 가급적 말을 아꼈던 신도장도 노기를 드러냈다.

"다른 두 분도 부인하십니까?"

"당연하지 않소!"

"아무리 수호령주라고 하여도 더 이상 우리를 모욕하는 것은 참을 수 없네."

진유검의 물음에 문회와 유진 또한 불쾌한 표정을 지으며 부인했다.

"그렇… 군요."

진유검은 강력하게 부인하는 사대가문의 수장들을 보며 담담히 고개를 끄덕이다 말을 이었다.

"방금 하신 말씀에 책임을 지셔야 할 것입니다. 분명히 가문의 명예는 물론이고 안위마저 걸어야 한다고 했습니다."

진유검의 섬뜩한 경고에 각 수장의 반응은 의외로 차이가 났다.

극도로 불안해하는 모습을 보이는 문회, 딱딱히 굳은 얼굴의 유진, 이호연과는 달리 신도장은 진심으로 불쾌한 모습을 보였다.

"가문의 명예, 안위라고 했나? 하면 우리가 무고했을 때 자네는 어찌 책임을 질 텐가?"

신도장이 격노한 음성으로 물었다.

"목숨을 내놓지요."

진유검이 딱 잘라 대답했다.

"허!"

진유검의 단호한 대답에 신도장은 물론이고 회의장 전체가 술렁거렸다.

태상가주의 무죄를 주장하기 위해 수호령주가 다소 무리한 추측을 한 것이라며 우려의 눈길을 보내던 이들은 진유검의 확신에 찬 모습과 목숨까지 건다는 대담한 발언에 놀라며 새삼스런 눈길로 사대가문의 수장들을 응시하기 시작했다.

"좋습니다. 일단 그 문제는 뒤에 확인을 하는 것으로 하지요."

진유검이 갑자기 화제를 돌렸다.

"시비의 죽음에 앞서 우선은 성주님의 암살 배후를 밝히도록 하겠습니다."

순간, 조금 전과는 비교도 되지 않을 정도로 큰 충격이 회의장에 휘몰아쳤다.

"그, 그게 사실인가?"

너무도 놀란 나머지 다급히 일어나려다 중심을 잃고 휘청거린 희천세가 뒤로 넘어간 의자엔 아랑곳없이 물었다.

"누군가? 어떤 놈들이 감히……."

사공추가 희천세의 말을 끊고 들어왔다.

"곧 아시게 될 것입니다."

진유검이 제갈명을 돌아보았다.

세살명이 회의장 입구에서 대기하고 있던 수하를 향해 신호를 보냈다.

신호를 받은 수하가 문을 활짝 열었다.

회의장에 모인 수십 쌍의 눈동자가 입구에 집중되었다.

"지루해서 죽는 줄 알았네."

투덜거리는 음성과 함께 처음으로 모습을 드러낸 사람은 늘 진유검의 곁을 지키던 전풍이었다.

전풍의 뒤로 겁을 잔뜩 집어먹은 집법당 부당주 고학과 뇌옥의 간수 육통, 그리고 육통의 사주를 받았던 세 명의 경계병이 끌려왔다.

"자, 자네가 어째서?"

회의장 입구에 가까이 앉아 있던 집법당주는 고학의 등장에 충격을 감추지 못했다.

"저놈들이 이번 일의 배후인가?"

사공추가 애써 분노를 억누른 듯한 음성으로 물었다.

"배후라기보다는 배후의 하수인들 정도가 되겠군요."

자리에서 일어난 진유검이 회의장으로 끌려온 자들에게 다가가며 말했다.

"나머지는?"

진유검의 물음에 전풍이 어깨를 으쓱이며 대답했다.

"연락은 왔습니다. 놈들을 포획하는 데는 성공을 했고 곧 도착할 거라고요."

"알았다."

전풍의 어깨를 툭툭 두드린 진유검이 숨죽이고 그의 말을 기다리는 이들을 향해 몸을 돌렸다.

"지난밤, 저는 무창의 본가가 공격을 당했다는 얘기를 듣고 곧바로 조사에 착수했습니다. 여유를 부리기엔 사안이 너무 중했고 쓸데없는 소문과 억측이 걷잡을 수 없이 번져 가고 있었기 때문입니다."

진유검이 세 명의 경계병을 가리키며 말을 이었다.

"암살에 쓰인 독은 이미 밝혀졌고 암살범의 시신에서

는 얻을 것이 별로 없었습니다만 그날 밤, 집법당 별관을 지켰던 경계병들은 다릅니다. 의도하든 의도치 않았든 그들에겐 우리가 알지 못하는 정보가 분명히 있을 것이라 판단했습니다. 그 전에 경계병들을 따로 해산시키지 않고 고이 모셔둔 군사님의 판단에 감사를 드립니다. 만약 그들을 군사부에서 구금하여 감시하지 않았다면 배후를 밝히는 일은 더 오랜 노력과 시간이 필요했을 겁니다. 또한 단언컨대 이 세 명은 지금껏 살아 있을 수가 없었겠지요."

세 명의 경계병은 두려움에 몸을 부르르 떨었다.

"우선 묻겠다. 그날 밤, 그대들은 무엇을 하려고 했나?"

"그, 그게……."

"두려워하지 말고 조금 전에 했던 대로 사실을 말하면 된다. 아, 그리고 걱정하는 일은 없을 것이다. 이미 그대들의 가족의 안전은 확보했고 가족을 위협하던 놈들 또한 모조리 압송 중이니까."

가족의 안전이 확보됐다는 말에 경계병들의 안색이 활짝 펴졌다.

"참고로 이들은 성주님의 암살과 관계가 있는 자들은 아닙니다. 시비의 암살과 연관이 있는 자들이지요. 자, 이제 대답을 해라. 지난밤, 무엇을 하려고 했지?"

머뭇거리던 경계병들이 더듬거리며 대답을 하기 시작했다.

"시, 시비를 죽이려고 했습니다."

곧바로 회의장이 들끓었다.

"무엇이!"

"저, 저런!"

진정하라는 손짓으로 소란을 진정시킨 진유검이 경계병들을 향해 다시 질문을 던졌다.

"시비라면 목숨을 잃은 그 시비를 말하는 거겠지?"

"그, 그렇습니다."

"성공했나?"

"시, 실패했습니다."

"어째서?"

"저희보다 먼저 손을 쓴 자들이 있었습니다."

경계병들은 앞다투어 대답했다.

"이것으로 최소 두 개의 세력이 시비의 죽음에 개입되어 있음을 알 수가 있습니다. 결과적으로 실패를 했지만 성공을 하고 목숨을 잃은 자들과는 달리 이들은 살아남았습니다. 그리고 이들을 통해 우리는 그 배후를 확인할 수 있었습니다."

진유검의 시선이 경계병이 아니라 육통과 고학에게 향

했다.

진유검과 시선이 마주친 육통과 고학은 학질에라도 걸린 사람처럼 사지를 벌벌 떨어댔다.

"누가 경계병들에게 시비를 죽이라 명했느냐?"

진유검의 말이 끝나기가 무섭게 육통이 대답을 했다.

"제, 제가 시켰습니다."

"너는 누구에게서 명을 받았느냐?"

"부당주에게 명을 받았습니다."

진유검의 시선이 고학에게 향했다.

"이자의 말을 인정하느냐?"

고학이 잔뜩 움츠린 표정으로 괴로워했지만 육통처럼 쉽게 입을 열지는 않았다.

진유검의 눈길이 싸늘해지자 고학의 얼굴에 공포감이 어렸다.

"다시 묻겠다. 네가 이자에게 시비를 죽이라 명을 내렸느냐?"

"그, 그렇습니다. 제가 명을 내렸습니다."

고학이 순순히 시인을 하자 회의장에 모인 이들의 충격은 상당했다.

특히 자신이 직접 발탁하여 후계자로 키우던 집법당주의 충격은 다른 이들과 비할 바가 아니었다.

하지만 누구 하나 입을 열지 않았다.

정말 중요한 질문이 아직 남았음을 아는 것이다.

"너는 누구에게서 명을 받았느냐? 아니, 우선 네가 누구인지를 밝혀라."

"으으으."

대답 대신 고개를 마구 흔드는 고학의 입에서 고통스런 신음이 흘러나왔다.

뭔가를 참기 위함인지 꽉 깨문 입술에선 피가 줄줄 흘러나왔다.

사람들이 그런 고학의 반응에 이상을 느끼기도 전에 진유검의 호통이 이어졌다.

"물었다. 너는 누구이며 소속은 어디냐?"

진유검의 몸에서 흘러나온 무시무시한 기세가 고학의 몸을 강타했다.

특히 눈동자에서 흘러나온 묘한 혈기가 필사적으로 버티던 고학의 정신을 다시금 헤집어 놓았다.

마구 흔들리던 눈동자가 몽롱해지며 몸의 떨림이 가라앉았다.

입술에서도 피가 멈췄고 공포에 물들었던 표정 또한 비교적 편안해졌다.

그리곤 입을 열었다.

"이름은 우총, 비상 암조(暗組)의 일원입니다."

"암조는 무엇이냐?"

"암조는 비상의 요원 중 각 문파에 침투해 있는 요원들을 통칭합니다."

잠시 말을 끊고 좌중을 둘러보던 진유검이 착 가라앉은 음성으로 물었다.

"비상은 어디에 속한 조직이냐?"

"루.외.루의 정보조직입니다."

유난히 크게 들린 루외루라는 단어에 회의장이 발칵 뒤집혔다.

모두들 조금은 예상을 했다.

태상가주와 외협진가의 무고함을 믿는 이들은 물론이고 그들을 압박하던 사대가문과 동조자들까지 세외사패나 루외루가 개입되었을지도 모른다는 강한 추측은 하고 있었다.

하나 단순히 추측을 하는 것과 정작 입으로 듣는 것과는 충격의 강도가 전혀 달랐다.

"아직 끝나지 않았습니다."

진유검의 말이 회의장을 울렸다.

들불처럼 일었던 소란이 그대로 가라앉았다.

몇 마디로 회의장을 침묵시킨 진유검이 여전히 몽롱한

표정을 짓고 있는 고학을 향해 다시 물었다.

"루외루에선 무슨 이유로 시비를 죽이려고 한 것이지?"

"수호령주가 그녀의 입을 열 수도 있다고 판단했습니다."

"입을 연다? 하면 그 시비의 증언은 거짓이고 그녀 역시 루외루의 간자라는 말이로군."

"그렇습니다."

"마지막으로 묻겠다."

마지막이란 말에 다들 숨도 쉬지 못했다.

회의장에 모인 이들은 진유검이 무슨 질문을 하려는 것인지 정확하게 알고 있었다.

"이번 암살 사건의 배후에 루외루가 있는 것이냐?"

루외루라는 말에 살짝 움찔한 고학이 이내 대답을 했다.

"그렇… 습니다."

고학의 대답이 끝나는 것과 동시에 엄청난 폭풍이 회의장에 몰아쳤다.

"아!"

"저, 저런 죽일 놈들!"

"역시 루외루가 배후였구나!"

"그러게 뭐라 했소이까? 태상가주님을 의심해서는 안 된다고 하지 않았습니까? 꼴좋소이다. 결국 우리 모두가 루외루의 농간에 놀아난 셈이 되었소. 이제 속이 시원하시오!"

"속이 시원하다니! 아무 말이라고 함부로 내뱉지 마시오. 당시의 정황상 어쩔 수 없는 일이었소."

"그 불신이 이런 난리를 가져온 것이오. 뭘 잘했다고 소리를 치는 거요? 반성은 못할망정."

고학의 증언이 가져온 후폭풍은 상당했다.

온갖 비난과 욕설이 회의장에 난무하기 시작했다.

무황의 암살 배후에 루외루가 개입했다는 사실이 밝혀졌음에도 태상가주를 옹호했던 자들과 비난을 했던 자들이 서로의 입장에서 상대방을 깎아내리기에 여념이 없었다.

"그만들 두시오. 이 무슨 추태란 말이오!"

루외루의 간자들 앞에서 무황성의 상황을 적나라하게 내보인 것이 너무도 창피했던 사공추가 더 이상 참지 못하고 호통을 쳤다.

사공세가의 가주로서 무황만큼은 아니나 그의 권위 또한 상당한 것.

사자후에 버금가는 그의 외침에 금방이라도 폭발할 것 같은 회의장의 분위기가 조금은 가라앉았다.

"하면 암살자들 역시 루외루에서 보낸 놈들이겠군."

탄식 섞인 사공추의 말에 진유검이 고개를 저었다.

"그놈들은 루외루에서 보낸 자들이 아닙니다."

"루외루가 아니라니? 하면 우리가 모르는 살수들을 고용한 것인가?"

"그것도 아닙니다."

진유검의 대답을 이해하지 못한 사공추가 곤혹스런 표정을 지었다.

사공추가 곤혹스런 만큼 회의장에 모인 이들 역시 당황한 표정이 역력했다.

"루외루도 아니고 놈들이 고용한 살수들도 아니라면 그 암살범들은 누구란 말인가?"

"대답은 직접 들으시지요."

진유검이 고학에게 고개를 돌린 후, 차갑게 물었다.

"그 암살범들은 어디에서 왔느냐?"

진유검의 영향력에서 잠시 벗어났다가 다시금 시선을 받은 고학이 몸을 부르르 떨더니 대답했다.

"산.외.산."

고학의 입에서 전혀 예상치 못한 이름이 튀어나오자 회의장의 분위기는 그대로 얼어붙었다.

단순한 놀람과 충격을 넘어 다들 얼이 빠진 듯한 표정이었다.

"하면 사, 산외산과 루외루가 소, 손을 잡았다는 말인가?"

놀란 가슴을 진정시키지 못한 사공추가 벌게진 얼굴로 물었다.

"그렇습니다. 무황성을 상대하기 위해 손을 잡았습니다. 성주님의 암살이 그들이 손을 잡고 꾸민 첫 번째 계략이라고 하더군요."

"계략이라면 아주 제대로 먹힌 셈이군."

사공추가 일그러진 얼굴로 주변을 노려보았다.

"세외사패와 산외산의 관계는 어떤가? 세외사패의 배후에 산외산이 있다고 그동안 계속 의심은 해왔어도 물증이 없어 확신을 못했네만."

희천세가 물었다.

"예상대로였습니다. 세외사패의 뒤에 산외산이 있습니다."

"음, 결국 세외사패나 루외루나 모두 한통속이란 말이군. 놈들이 어째서 퇴각을 했는지 확실히 알겠어."

희천세는 세외사패의 퇴각을 별다른 의심 없이 반겼던 자신의 무지가 부끄러운지 크게 탄식했다.

회의장에 모인 대부분의 수뇌가 같은 반응이었다.

"간자들의 자복으로 이번 사건의 전모가 확실히 드러났

습니다."

제갈명이 전면으로 나섰다.

"루외루와 산외산 두 세력의 연합은 천마신교가 루외루의 영향력에서 벗어나는 것을 기점으로 이뤄진 것으로 판단됩니다. 수호령주에게 지속적으로 피해를 당한 루외루는 단독으로 무황성과 싸우는 것은 불가능하다고 판단했을 것이고 산외산 역시 무황성과 충돌하여 루외루에 어부지리를 줄 생각은 없었을 것입니다."

"그럴 바에야 제 놈들끼리 손을 잡고 무황성을 치자고 손을 잡은 것이군."

신도장이 굳은 얼굴로 말했다.

"속내야 정확히 파악할 수는 없지만 현재까지의 상황으론 그렇습니다. 앞서 말씀드렸다시피 손을 잡은 루외루와 산외산이 가장 먼저 꾸민 것은 성주님의 암살입니다. 더불어 무황성의 혼란까지 야기하려고 하였지요. 결과는 굳이 언급하지 않겠습니다."

"흥!"

사공추의 비웃음이 회의장 가득 울려 퍼지고 적들의 의도대로 태상가주와 의협진가를 비난했던 이들은 저마다 붉어진 낯빛으로 부끄러움을 감추지 못했다.

"성주님을 암살하기 위해 모든 준비는 루외루에서 한 것이고 직접 결행한 것은 산외산에서 나온 두 명의 암살자였습니다. 참고로 말씀드리자면 성주님의 음식에 독을 탄 오숙수 또한 루외루가 오래전에 심어놓은 간자로 밝혀졌습니다."

오 숙수가 간자라는 말에 회의장은 다시금 술렁였다.

"오 숙수가 간자였단 말인가!"

"세, 세상에!"

"하면 가족들이 납치된 것 또한 꾸며진 일이란 말입니까?"

제갈명이 고개를 저었다.

"그렇지는 않습니다. 가족들 역시 오 숙수의 정체를 몰랐디고 하는군요."

"허!"

"지독한 놈들!"

가족들에게까지 자신의 진실된 정체를 숨겼을 정도로 철저했던 오 숙수와 그를 침투시킨 루외루의 치밀함에 신음과도 같은 탄성이 터져 나왔다.

"아, 하지만 오 숙수가 스스로 목숨을 끊는 것은 계획에 없던 일이었습니다. 간자의 증언에 의하면 오 숙수를 무황성에서 빼내어 루외루로 복귀시킬 준비가 되어 있었다고 하더군요."

"자책을 했다는 건가?"

"홍! 그런다고 죄가 없어질 줄 알았던 모양이군."

"가족들이 놈의 정체를 몰랐다는 것은 믿기 어려운 일이오. 당장 체포해서 심문을 해야 한다고 보오."

오 숙수에 대한 의견이 엇갈렸지만 제갈명은 별다른 대응을 하지 않았다.

"그런데 말일세."

사공추가 의미심장한 눈길로 제갈명을 응시했다.

"오 숙수의 경우를 보면 루외루는 오래전부터 무황성에 저들의 간자를 심으려고 애를 쓴 것이 확인되었네. 아니, 저놈들만 보더라도 이미 성공했다는 것을 알 수 있겠군. 무황성의 법과 질서를 유지하는 집법당의 부당주가 놈들의 주구이니 말이야. 아무튼 저놈들 말고도 다른 간자들이 무황성에 존재할 수 있는 것 아니겠나? 산외산에서도 그런 시도를 했을 것이고."

"그렇습니다. 아직 산외산 쪽은 파악하지 못했습니다만 루외루가 침투시킨 간자 중 상당수는 이미 제거했거나 사로잡아 두었습니다."

"오! 그랬군. 어쩐지"

사공추가 제갈명의 재빠른 행보에 만족한 웃음을 지었다.

"하지만 생각보다 인원은 많지 않습니다. 게다가 그 직급 또한 미미할 정도라 오히려 실망스럽기 짝이 없었습니다."

제갈명이 씁쓸한 미소를 지었다.

진유검이 말을 받았다.

"무황성, 아니, 무림에 뿌리를 내린 루외루의 간자들 자체가 점조직 형태로 육성되었기 때문입니다. 이자만 하더라도 상당한 지위를 가지고 있었음에도 알고 있던 자들은 소수에 불과했습니다. 은령이란 이름으로 활동하는 윗선이 모든 것을 관장한다고 하였습니다."

"총책이란 말이로군. 그자를 잡아야 할 터인데."

"천강일좌와 삼좌가 움직였습니다. 곧 좋은 소식을 접할 수 있을 것입니다."

"오! 그들이라면 안심이 되지."

천강십이좌의 실력을 익히 알고 있던 사공추가 크게 기꺼워하며 고개를 끄덕였다.

"그런데 조금 이상한 것이 있군요."

무당파의 장로 송월이 천천히 자리에서 일어났다.

제갈명과 진유검이 주도하던 회의장에 지금껏 그들과 적대적 의견을 내세우던 송월 도장이 입을 열자 회의장에 묘한 긴장감이 찾아들었다.

"무엇이 이상하다는 말씀입니까?"

그동안 맺힌 것이 있었는지 반문하는 제갈명의 음성은 다소 차가웠다.

"부당주 말일세."

"부당주라니요! 루외루의 간자에 불과한 잡니다."

희천세가 불같이 화를 냈다.

불쾌할 만도 했지만 송월 도장은 전혀 내색하지 않고 자신의 실수를 인정했다.

"노도가 실수를 했군. 루외루의 간자라는 저자 말이네."

"예, 말씀하시지요."

"자복 말고는 다른 물증은 없는 것인가?"

"무슨 의미로 그런 말씀을 하시는 건지요?"

제갈명이 미간을 확 찌푸리며 싸늘하게 되물었다.

"아무래도 정상이 아닌 것 같아서 그러는 것이네. 별다른 외상은 없어 보이네만 동공이 풀려 있어. 마치 정신이 나간 사람처럼. 육통이란 자도 그렇고."

"확실히 정상적인 사람처럼 보이진 않습니다."

지금껏 수세에 몰려 있던 문회가 얼른 맞장구를 쳤다.

이호연도 슬며시 거들었다.

"흠, 듣고 보니 그렇군. 흐리멍덩한 눈동자도 그렇고 넋 나간 얼굴도 그렇고. 마치 섭혼술에 당한 사람처럼……."

섭혼술이라는 말에 회의장이 또다시 들끓기 시작했다.

제갈명을 지지하는 자들은 이미 모든 것이 드러난 상황에서 쓸데없는 트집을 잡는다며 사대가문과 무당파를 비난했지만 섭혼술을 사용해서 자백을 받아낸 것이라면 조작의 가능성도 충분했기 때문에 반대쪽에선 의심을 거두지 않았다.

"섭혼술은 아닙니다."

진유검이 입을 열자 꺼지지 않을 불꽃처럼 타올랐던 회의장의 분위기가 거짓말처럼 가라앉았다.

"원리는 비슷할 수 있겠군요."

"그게 무슨 뜻이오? 섭혼술이라는 것이오, 아니라는 것이오?"

문회가 신경질적으로 되물었다.

그를 물끄러미 바라보던 진유검이 피식 웃으며 말했다.

"그냥 섭혼술이라고 해두지요. 맞습니다. 제가 이들의 정신을 제압했습니다. 그리고 자복을 받아냈습니다."

"섭혼술에 걸린 자는 시전자가 원하는 답을 할 수도 있다고 보오만. 아니, 정말 루외루의 간자들이 맞기는 한 거요? 섭혼술로……."

"문주!"

"말이 지나치시오."

이호연과 유진이 얼른 문회의 팔을 잡아당겼다.

그들은 고학이 루외루의 간자라는 것을 거의 기정사실처럼 받아들였다.

다만 섭혼술을 거론하며 의문을 제기한 것은 제갈명이나 수호령주가 고학의 자복을 빌미로 자신들이나 지지 세력에게 루외루의 간자라는 엉뚱한 누명을 씌울 가능성도 있기에 그것을 사전에 차단하고자 하는 의도였다.

그런데 흥분한 문회가 너무 나간 것이다.

그들의 의도를 훤히 꿰뚫고 있는 진유검의 입가에 비웃이 지어졌다.

"의심을 한다고 하시니 우선 저자들이 루외루의 간자임을 확실히 확인시켜 드리지요."

진유검이 전풍을 향해 눈짓을 하자 가소롭다는 듯 주변을 지켜보던 전풍이 회의장의 문을 열었다.

그러자 회의장에 보이지 않던 곽종과 여우희가 보무도 당당히 모습을 드러냈다.

특히 곽종의 손에는 금빛 포승줄이 들려 있었는데 그 포승줄에 네 명의 사내가 굴비 엮이듯 엮여 끌려왔다.

"다녀왔습니다, 령주님."

곽종이 진유검을 향해 예를 표했다.

"수고했다. 저들이 다인가?"

"끝까지 저항하던 두 놈은 어쩔 수 없이 제거했습니다.

무공이 제법 고강하여 사로잡을 가능성이 적었습니다."

"아쉽기는 하지만 놓친 것보다는 낫겠지. 고생했어."

곽종과 여우희를 격려한 진유검이 포로들과 조금 전 증언한 세 명의 경계병을 가리키며 말했다.

"저들의 가족들을 구금하고 있던 놈들입니다. 모두 여섯 명이었는데 들었다시피 두 명은 제압하는 과정에서 목숨을 잃었습니다. 우선 이자들의 정체를 밝혀보도록 하지요."

진유검이 사내 중 우두머리로 보이는 자에게 다가가 물었다.

"너희의 소속과 정체를 밝혀라."

사내는 아무런 대꾸도 하지 않았다. 그저 원독에 찬 눈빛으로 진유검을 노려볼 뿐이었다.

"눈깔을 확 뽑아버리기 전에 까는 게 좋을 거다."

진유검의 곁에 있던 전풍이 으르렁거렸다.

진유검에게 향했던 눈이 전풍에게 향하는 것과 동시에 전풍의 발길질에 가슴팍을 맞은 사내가 그대로 뒤로 넘어갔다.

진유검이 인상을 쓰자 사내의 머리를 한 번 더 후려갈긴 전풍이 그의 머리카락을 잡고 바로 일으켜 세우며 말했다.

"주제도 모르고 까불잖아요. 말라비틀어진 육포만도 못

한 것이."

회의장에 모인 이들은 전풍의 시선이 그의 손에 잡힌 포로가 아니라 문회를 향하고 있다는 것을 눈치채고는 경악을 감추지 못했다.

확실히 그 주인에 수하였다.

명색이 사대가문 중 한 곳의 수장을 그처럼 노골적으로 모욕할 수 있는 자가 있을 것이라곤 감히 상상도 할 수 없는 일이었다.

"회의장이다. 경거망동하지 마라."

전풍에게 경고 아닌 경고를 한 진유검이 한풀 기세가 꺾인 사내에게 다시 물었다.

"정체를 밝혀라."

"……"

사내가 여전히 침묵을 지키자 진유검은 그에게 미련을 두지 않았다.

진유검이 고학을 향해 물었다.

"이자들은 누구냐?"

멍한 얼굴로 허공만을 응시하던 고학의 몸이 퍼득 떨리더니 포로들을 향해 천천히 고개를 돌렸다.

"이놈들은 누구냐?"

진유검이 한층 기세를 실어 다시 묻자 고학이 공포에 질린 눈빛으로 입을 열었다.

"으, 은검단 소속. 은검 육조……."

"다, 닥치시오!"

사내가 기겁한 얼굴로 소리를 질렀다. 하지만 고학의 입은 닫혀지지 않았다.

"은검 육조 부조장 우호와 수하들입니다."

"미친 거냐! 네놈이 감히!"

우호의 입에서 막말이 튀어나왔다.

지위로 따지자면 고학이 다소 우위에 있었지만 우호의 입장에서 고학은 이미 배반자였다.

"은검단은 어디에 속한 조직이냐?"

"루, 루외……."

"이 미친! 네놈이 그러고도 살기를 바라느냐!"

설마하니 고학의 입에서 루외루의 이름이 나올 줄 몰랐던 우호는 찢어질 듯 눈을 부릅뜨더니 고학을 향해 몸을 날렸다.

물론 이를 용납할 전풍이 아니었다.

정강이를 툭 차 쓰러뜨리더니 그대로 머리를 밟아버렸다.

"날뛰지 말라고 경고했다."

전풍이 우호를 제지하는 사이에도 고학의 입에선 은검단

에 대한 설명이 줄줄이 이어졌다.

"흠, 은검단의 수장이 은령이었군. 하면 이제 은령만 잡아오면 되는 건가?"

진유검의 입에서 은령이 언급되자 전풍의 발에 깔린 우호는 미친 듯이 발광했다.

"고학! 이 미친놈! 감히 단주님의 이름까지 팔다니! 루를 배반했으니 살기를 바라지 마라. 내가 반드시 찢어죽여 주마. 내가 못한다고 해도 누군가는 반드시 네놈의 살과 뼈를 발라줄 것이다."

우호의 온갖 악담이 회의장을 뒤흔들었다.

"네놈이나 걱정해."

전풍이 우호의 머리를 누르고 있던 발에 힘을 주며 그의 말을 막았다.

적당히 하라는 눈짓을 보낸 진유검이 썩은 얼굴을 하고 있는 문회를 보며 물었다.

"설마 저들까지 제가 섭혼술로 제압했다고 주장하는 것은 아니겠지요?"

"그, 그건……."

문회가 말을 더듬자 이호연이 얼른 나섰다.

"저들이 간자임을 의심한 것은 아니네. 다만 고학이란 자의 상태가 다소 마음에 걸렸던 것일 뿐."

이호연이 씁쓸한 표정을 지으며 말했다.

말을 하는 이호연이나 듣는 이들 모두가 그것이 구차한 변명이라는 것을 모르지는 않았다.

"물론 이해합니다. 어쨌든 저자들이 루외루의 간자임이 확실해졌고 자복 또한 신빙성을 얻었습니다. 이제 성주님에 대한 암살의 전모는 확실히 밝혀진 것으로 해도 되겠습니까?"

"충분하네."

더 이상 부정하는 것 자체가 의미 없다고 여긴 이호연과 유진이 동시에 고개를 끄덕였다.

송월 도장도 지체없이 동의했다.

사대가문과 그에 동조하는 세력이 완벽한 패배를 선언하는 순간이었다.

하지만 그것이 끝이 아니었다.

"하면 이제 마지막 남은 사안에 대해서 언급토록 하겠습니다."

진유검의 시선이 신도장에게 향했다.

"사대가문은 어째서 시비를 암살한 겁니까?"

신도장은 자신도 모르게 눈을 감고 말았다.

그 자신은 모르는 일이나 상황상 어떤 일이 벌어진 것인지 능히 짐작이 갔다.

또한 부인을 한다고 해도 저토록 자신만만하게 죄를 추궁하는 것을 보면 이미 빠져나갈 수 없는 증좌를 확보하고 일을 벌였을 가능성이 컸다.

　가문의 명예와 안위를 걸어야 한다는 수호령주의 말이 무겁게 가슴을 짓눌렀다.

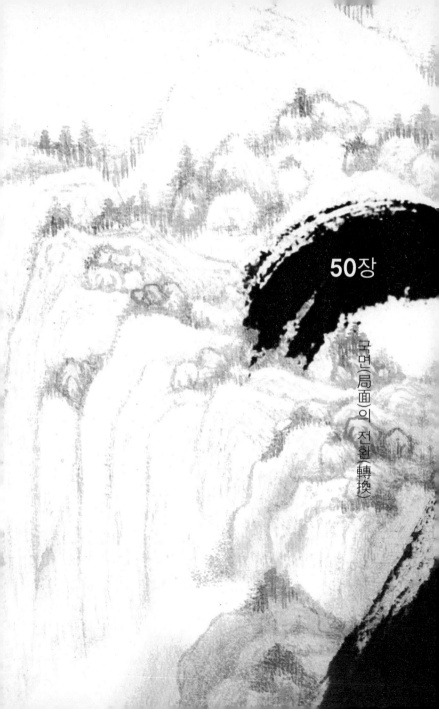

50장

국면(局面)의 전환(轉換)

　무거운 걸음으로 신의당에 들어서던 진유검은 정신을 잃고 병상에 누워 있는 문청공을 보자 자신도 모르게 입술을 꽉 깨물었다.

　"오셨습니까, 령주님."

　옆 병상에서 걱정스런 눈길로 문청공을 바라보던 조단이 몸을 일으키며 말했다.

　"누워 계세요."

　억지로 몸을 일으키려는 조단을 편히 눕힌 진유검이 문청공의 부상을 살피느라 진이 빠진 모습을 하고 있는 신의

당 부당주 심광에게 물었다.

"상세가 어떻습니까? 많이 심각합니까?"

"일단 급한 위기는 넘겼습니다만 워낙 심한 부상을 당하셔서 치유되려면 꽤나 오랜 시간이 걸릴 것 같습니다."

"예, 확실히 그래 보이는군요."

진유검은 문천공의 전신을 칭칭 감고 있는 붕대와 그 붕대를 뚫고 나오는 핏물을 보며 착찹한 표정으로 고개를 끄덕였다.

"그래도 이만하길 다행입니다. 정말 촌각의 시각만 더 지체했더라도 회복하시기 힘드셨을 겁니다. 처음 이곳에 도착하셨을 때만 해도 외람되지만 시신이 도착한 줄 알았으니까요."

"정말 애쓰셨습니다. 감사합니다."

진유검은 피곤한 기색이 역력한 심광을 향해 정중히 예를 표했다.

회의장에서 난데없는 급보를 받고 진유검과 함께 달려온 신의당주 심완은 괜스레 뿌듯한 마음에 얼굴 가득 미소를 지우지 못했다.

사실상 무황성 최고의 실세라 할 수 있는 수호령주에게 저토록 정중한 예를 받을 수 있는 사람이 과연 몇이나 있을 것인가.

방금만 하더라도 하늘 높을 줄 모르고 날뛰던 사대가문을 철저하게 박살을 내버린 인물이었다.

"대체 어떻게 된 것입니까? 누구에게 당한 것입니까?"

부상이 심하긴 해도 문청공의 목숨엔 지장이 없다는 말에 한숨 돌린 진유검이 조단에게 물었다.

"면목 없습니다."

조단이 한숨을 내뱉으며 고개를 숙였다.

"잘못을 따지자는 것이 아닙니다. 은령이란 여인이 그토록 강했습니까? 함께 갔던 섬전대원들도 몰살을 당했다고 들었습니다."

진유검은 비밀 유지를 위해 소수의 섬전대원들만을 차출한 것이 실수였음을 자책하며 물었다.

"은령도 강했지만 그녀를 지키는 호위무사가 정말 강했습니다. 섬전대는 바로 그자에게 당했습니다. 만약 섬전대주의 희생이 아니었으면 일좌와 이 늙은이 역시 이렇게 살아 돌아오지는 못했을 것입니다."

"호위무사가 두 분보다 강했다는 말입니까?"

진유검이 놀라 되물었다.

"딱히 강하다고는 말씀드리기 어렵지만 비슷한 수준이라 봅니다."

"이해할 수가 없군요. 말씀을 들어보니 은령과 그의 호위무사가 강한 것은 틀림없지만 두 분과 섬전대가 그들을 상대하지 못할 것 같지는 않은데요. 어째서 결과가 이리된 것인지…….”

진유검이 곤혹스런 표정으로 고개를 갸웃거리자 조단이 더없이 씁쓸한 표정을 지으며 입을 열었다.

“처음엔 령주님께서 말씀하신 대로 우리가 압도적인 우위였습니다. 굳이 섬전대가 나설 것도 없이 일좌께서 호위무사를, 제가 령주를 공격하면서 기선을 제압했으니까요. 하지만 어린 계집아이 하나가 등장하며 이 모든 전황이 역전되었습니다.”

“어… 린 계집이요?”

“예, 닮은 얼굴도 그렇고 은령을 보고 언니라 부르는 것을 보면 자매인 듯싶었는데 실력은 오히려 동생이 월등히 뛰어나더군요. 일좌의 부상 대부분이 바로 그 계집아이를 상대하면서 당한 것입니다.”

순간, 옆에서 듣고 있던 곽종 등의 입에서 경악 어린 탄성이 터져 나왔다.

“허! 대체 얼마나 뛰어나기에!”

“천강십이좌의 실력은 전설과도 같은 것. 하물며 일좌 어르신의 무공이라면 무황성 내에서도 상대할 수 있는 사람이 별로 없을 텐데요. 정말 놀라운 일이군요.”

긴장 어린 여우희의 말에 제갈명이 침통한 얼굴로 말했다.

"루외루의 저력이 참으로 대단하외다."

소란이 가라앉기를 기다린 진유검이 다시 물었다.

"하면 일좌를 대신해 섬전대가 호위무사와 싸움을 벌인 겁니까?"

"예, 결과적으로 처음부터 섬전대를 싸움에 참여시켜 은령과 호위무사를 빨리 제압을 했어야 했습니다. 그랬다면 그들이 전멸당하는 것은 막을 수 있었을 텐데요. 그나마 다행이라면 일좌께 부상을 당한 호위무사 역시 섬전대를 전멸시킨 후 더 이상 움직이지 못했다는 것입니다. 특히 섬전대주가 동귀어진의 수법으로 그에게 치명타를 가한 것이 주효했습니다. 만약 그가 움직일 여력이 있었다면 은령을 도와 저를 상대했을 것이고 그리되었으면 이렇듯 령주님의 얼굴을 보지는 못했을 겁니다."

"하면 삼좌께서 은령을 쓰러뜨리신 거군요."

"예, 그 바람에 어린 계집이 공세를 멈추고 그녀를 구해 떠났습니다. 어떻게든 막아보려고 했지만 이런 상처만 얻고 말았습니다."

조단은 심장을 아슬아슬하게 빗겨간 상처를 가리키며 말했다.

조금만 안쪽으로 이동했어도 절명을 면치 못했을 정도로
위험천만한 상처였다.

"그 어린 계집의 무공이 그렇게 뛰어났습니까?"

전풍이 물었다.

"강했다. 그 나이에 그런 실력을 지녔다는 것이 믿기지
않을 정도로 정말 강했어."

조단은 그때 상황을 잠시 떠올렸다.

피보다 붉은 적삼을 걸치고 달빛처럼 서늘한 기운을 뿜
어내는 검을 들은, 모든 것을 꿰뚫어 보는 듯 날카로운 눈
매는 매서웠지만 전체적으로 고운 얼굴에 가녀린 몸매를
지닌 여인.

그녀의 연이은 맹공에 문청공의 노구는 순식간에 피투성
이로 변해갔고 구명절초를 이용하여 상대의 공격을 겨우
버텨냈다.

게다가 앞을 가로막는 자신을 향해 날린 일격은…….

생각만으로도 소름이 끼치는지 흠칫 놀란 조단이 몸을
떨었다.

"무모하셨습니다. 일좌께서도 상대하지 못한 적을 막으
려 하시다니요. 하마터면 큰일 날 뻔하지 않았습니까?"

진유검이 자신도 모르게 언성을 높였다.

그것이 조단을 질책하는 것이 아니라 염려하기 때문이라

는 것을 알기에 모두들 숙연한 표정을 지으며 침묵했다.

"한데 회의는 어찌 되었습니까? 혹 저희의 실패로⋯⋯."

조단이 불안함을 감추지 못하고 물었다.

"걱정 마십시오. 모든 게 의도대로 잘되었습니다. 어차피 고학이라는 자와 경계병들의 가족을 구금하고 있던 자들을 사로잡으면서 상황은 이미 끝난 셈이었습니다. 다만 은령이라는 여인이 그들의 총책임자라고 할⋯⋯."

진유검의 말이 끝나기도 전에 전풍이 불쑥 끼어들었다.

"쯧쯧, 영감님들이 회의장에서 벌어진 일을 봤어야 됐습니다. 정말 끝내줬거든요."

"어떻게 끝내줬는데?"

조단이 전풍의 말투를 흉내 내며 물었다.

"시비의 죽음을 가지고 주군께서 그 인간들을 추궁하셨거든요."

진유검이 말릴 사이도 없이 전풍은 신이 나서 떠들기 시작했다.

"처음부터 딱 잡아떼더라고요. 뭐, 증거라고 할 수 있는 놈들이 모조리 뒈졌으니 그런 것이겠지만 아무튼 얼굴색 하나 변하지 않고 끝까지 오리발을 내밀더군요. 하지만 제가 시비를 암살하도록 사주한 놈의 멱살을 끌고 오니까 표정들이 정말. 크크크! 그 문흰지 지랄인지 하는 자의 낯빛은 아예 똥색으로 변하더만요."

"그런 자가 있었더냐?"

조단이 놀란 얼굴로 물었다.

그와 문청공은 고학을 통해 은령의 존재를 확인한 직후 그녀를 잡기 위해 곧바로 움직였기 때문에 이후의 상황에 대해선 전혀 모르고 있었다.

"쓸데없는 소리는 하지 말고."

곽종이 진유검의 눈치를 살피며 전풍의 옆구리를 툭 쳤다.

"아무튼 그자가 모든 사람 앞에서 자신이 저지른 짓을 토설하는 것으로 상황은 끝나지요, 뭐."

"사대가문에서 사주한 자라면 그렇게 쉽게 토설하지는 않았을 텐데."

조단이 고개를 갸웃거렸다.

"잘 알잖아요. 주군이 어떤 능력을 지녔는지."

전풍이 진유검이 하듯 눈을 부릅뜨고 눈동자에 힘을 주자 조단이 이해했다는 듯 껄껄 웃음을 터뜨렸다.

"허허! 그렇군. 그 수가 있었지. 한데 그자는 어떻게 잡은 겁니까? 꽁꽁 숨겨놨을 텐데요."

조단이 진유검에게 물었다.

"시비의 암살에 사대가문이 개입한 것을 의심한 군사께

서 목숨을 끊은 경계병들과 접촉한 자들을 철저하게 추적하셨습니다. 그 과정에서 의심이 갈 만한 자들이 제법 있었는데 그중에서 몇 명을 다시 추려 제가 직접 심문했습니다."

"그런데 진짜 웃긴 건 그 작자들이 직접 나서지 않더라도 어차피 그 시비는 죽을 수밖에 없었다는 겁니다. 괜히 나서서 병신된 거지요."

전풍이 코웃음과 함께 사대가문을 비웃자 곽종이 고개를 저었다.

"꼭 그렇게 생각할 건 아니다. 덕분에 루외루의 사주를 받은 경계병들이 살아남았고 결국 놈들의 음모를 밝혀냈잖아. 만약 사대가문에서 시비를 죽이기 전에 루외루의 사주를 받은 자들이 먼저 시비를 제거했다면 일이 이렇게 쉽게 풀리지는 않았을 거다."

여우희가 곽종의 말에 동조했다.

"맞아. 령주님의 능력을 보니 결국 밝혀내시긴 하겠지만 단 하룻밤 만에 모든 상황이 끝나지는 않았을 거야."

"해서, 사대가문은 어찌 되었습니까? 결과야 어찌 되었든 그자들이 시비를 제거했다는 것 자체가 태상가주님과 의협진가에 누명을 씌우기 위함인 것이었습니다. 그 과정에서 죄 없는 자들까지 목숨을 잃었고요. 그만한 벌을 받아야 한다고 봅니다만."

조단의 말에 전풍이 얼른 대답했다.

"크크크! 그건 걱정하지 마세요. 아주 망신, 망신, 개망신을 당했으니까."

전풍의 음성은 어찌 보면 상당히 무례하고 경망스럽기 짝이 없었지만 당시 회의장에 있었던 이들은 회의장의 상황을 설명하는 데 그 이상의 표현이 없다는 것을 알기에 모두들 웃음만 지을 뿐이었다.

"대체 무슨 일이 벌어졌기에 그러느냐?"

조단이 얼떨떨한 표정으로 물었다.

"그러니까요, 그때 무슨 일이 벌어졌냐면……."

"이자의 증언에 의하면 당시 주도적으로 일을 꾸민 사람은 신도세가의 대표였던 신도천 소가주였고."

진유검의 말에 회의장에 모인 이들의 시선이 일제히 신도천에게 쏠렸다.

신도천은 애써 담담한 표정을 짓고 있었으나 떨리는 눈동자는 어쩌지 못했다.

"함께 논의했으며 일의 결행을 허락하고 동의한 사람들은 이화검문의 한규 원로, 형주유가의 유기 장로, 정의문의 이교 원로시군요."

진유검의 호명이 있을 때마다 좌중의 시선은 호명된 이들에게 향했고 그들은 자신의 이름이 불려질 때마다 당혹감을 감추지 못했다.

"우선 이분들께 묻도록 하겠습니다. 여러분의 독단적인 생각입니까? 아니면 가문 전체의 의사였습니까?"

질문은 간단했지만 그 안에 담긴 내용은 실로 엄청난 것이었다.

독단이라면 그에 대한 책임을 개인이 지면 그만이지만 가문 전체의 의사라면 상황은 더없이 심각해지기 때문이다.

"당연히 제 생각이었습니다. 저분들 또한 그럴 것입니다."

신도천이 벌떡 일어나 소리쳤다.

"맞소. 우리들의 생각이었소."

"가문의 의사는 반영된 것이 아니오."

한규와 이교가 앞다투어 목소리를 높였다.

입꼬리를 올리고 비웃음을 짓고 있던 진유검이 침묵을 지키는 유기를 향해 물었다.

"유 장로께선 어찌 아무런 말씀도 하지 않습니까?"

잠시 머뭇거리던 유기가 한숨을 내쉬며 말했다.

"노부 개인의 결정이라고는 하지만 당시 노부는 형주유

가 전체를 대표하는 입장이었소. 노부의 의사가 곧 형주유가의 의사. 책임을 회피하고 싶지는 않소."

당당히 책임을 인정하는 유기의 모습에 진유검의 눈빛이 살짝 빛났다.

그가 가주 유진과 전음을 주고받은 사실을 눈치채고 있었지만 어떤 내용인지 알려고 하지 않았고 굳이 내색도 하지 않았다.

형주유가가 책임을 인정하자 입장이 난처해진 것은 나머지 삼대가문의 대표들이었다.

삼대가문의 수장이 형주유가의 수장 유진을 불쾌한 표정으로 노려보았으나 유진은 눈을 감고 모른 척하였다.

"유 장로께서 인성을 해주셨지만 사실 간단한 이치입니다. 지나가던 사람이 개에게 물렸습니다. 하면 잘못은 개에게 있는 것입니까? 아니면 개를 자유롭게 풀어놓은 주인의 것입니까? 전적으로 주인에게 잘못이 있다고 주장할 수는 없겠지만 아예 책임이 없다고도 말할 수는 없는 것입니다."

사대가문의 소가주, 원로, 장로들을 한낱 개에 비유하는 진유검의 대담한 발언에 다들 놀라움을 감추지 못했지만 오직 수호령주만이 그럴 수 있다는 생각에 숨죽이고 다음 말을 기다렸다.

"자, 이제 판단을 내려주십시오. 하면 개에게 물린 사람은 그 책임을 개에게 물어야 하는 것입니까, 아니면 그 주인에게 물어야 하는 것입니까?"

진유검은 웃으며 물었으나 회의장에 있는 그 누구도 웃음을 짓지 못했다.

거만한 눈길로 두리번거리는 전풍을 제외하고는.

무거운 침묵을 깨고 입을 연 사람은 신도세가의 가주 신도장이었다.

증인과 증거가 명백한 이상 빠져나갈 방법이 없다고 판단한 신도장은 변명을 하는 것보다는 차라리 모든 잘못을 인정하고 선처를 구하는 것이 낫다고 판단했다.

"의당 주인이 책임을 물어야 하겠지. 그래서 수호령주는 우리가 어떻게 책임지기를 원하는가?"

"저는 분명히 사대가문에게 스스로 잘못을 인정할 기회를 주었습니다. 하지만 기회를 거부한 것은 사대가문입니다. 인정하십니까?"

"인정하네."

신도장이 무겁게 고개를 끄덕였다.

"이번 사안을 처리함에 있어 다시 두 가지 제안을 하겠습니다."

제안이란 말에 다들 눈을 반짝거렸다.

"제가 수호령주의 자격으로 죄를 묻는 것을 원하십니까,

아니면 의협진가의 사람으로 죄를 묻기를 원하십니까?"

순간 신도장은 물론이고 나머지 삼대가문 수장들의 안색이 썩은 감자처럼 변했다.

수호령주의 자격으로 죄를 묻는다면 향후 무황성에서 사대가문의 입지는 크게 줄어들 공산이 컸다.

특히 차기 무황 선출은 물론이고 루외루나 산외산과의 싸움에서 많은 희생을 요구받을 가능성이 다분했다.

그만한 잘못을 했으니 그 정도 희생은 감수해야 하는 것이 당연했다. 하나 진유검이 사대가문이 원한다면 수호령주로서가 아니라 의협진가의 일원으로 죄를 추궁할 수도 있다고 밝힌 것이 그들의 심사를 뒤틀리게 했다.

무림에서 각 문파, 세가 간의 잘못 추궁이란 오직 힘의 우위에서만 결정된다.

대의명분이니 무림 정의니 아무리 떠들어 봐도 상대가 약하면 간단히 무시하거나 아예 힘으로 눌러 버리며 그만인 것이다.

그런 무림의 생리를 모를 리 없는 진유검이 그들에게 선택을 종용하는 것은 수호령주의, 무황성의 지위와 힘이 아니더라도 그 스스로가 사대가문을 응징할 자신이 있다고 모두에게 밝힌 것이나 다름없었다.

탕!

모욕감을 참지 못한 이호연이 탁자를 후려치며 일어섰다.

부들부들 떨리는 수염이 그가 얼마나 노여워하고 있는지 여실히 보여주었다.

"수호령주의 실력을 모르는 바는 아니나 방금 한 말에 책임을 질 수 있겠나? 감당할 수 있겠느냐 말이네."

이호연이 전신에서 엄청난 살기를 뿜어내며 소리쳤다.

그의 기세를 확인한 몇몇 사람의 눈에 놀라움이 비쳤다.

평소 알려진 이호연의 무위는 화경 수준.

하나 지금 보여주는 기세는 분명 그 이상이었다.

물론 그것을 눈치챌 만한 사람은 같은 경지에 오른 이들뿐이었지만.

이호연의 도발에 진유검은 참지 않았다.

"감당이라 했습니까? 뭔가 착각을 하시는군요. 감당이란 말은 그만한 힘을 갖춘 사람이 할 수 있는 것입니다. 묻고 싶군요. 과연 정의문에 그만한 힘이 있는지를."

회의장을 가득 덮었던 이호연의 기세가 순식간에 사라지고 그 자리를 진유검이 발출한 기운이 가득 메웠다.

조금 전 이호연이 뿜어낸 기운과는 비교도 되지 않을 만큼 위력적이고 패도적인 기운이 이호연을 압박했다.

"크으으!"

이호연의 입에서 나직한 신음이 흘러나왔다.

자존심으로 버티고는 있었지만 이미 상당한 타격을 받은 터라 안색은 창백하게 변한 상태였다.

"그만하게. 큰 적과의 싸움을 앞에 두고 우리끼리 피를 볼 생각은 전혀 없네. 첫 번째 제안을 따르도록 하지."

신도장의 허탈한 음성이 회의장에 울렸다.

신도장의 말이 끝나는 것과 동시에 회의장을 가득 덮었던 진유검의 기운도 말끔히 사라졌다.

감당하기 힘들 정도로 무섭게 몰아치던 기운이 사라지자 이호연이 거친 숨을 몰아쉬며 주저앉았다.

오만상을 찌푸리며 고통스러워하는 이호연의 모습을 보며 회의장에 모인 이들은 다시금 진유검의 무위에 경외심과 두려움을 품었다.

"아쉽군요. 개인적으론 두 번째 제안을 선택하기를 바랐는데요."

진유검은 담담히 웃으며 말을 했으나 받아들이는 입장에선 그럴 수가 없었다.

사대가문 사람들의 분노가 노골적으로 쏟아졌음에도 진유검은 그들의 반응에 아랑곳없이 말을 이었다.

"어쨌든 전자를 택하셨으니 수호령주로서 사건을 처리하겠습니다. 우선 시비의 죽음에 직접적으로 연관이 있는 작자들의 죄를 묻겠습니다."

사대가문의 소가주요, 원로, 장로였지만 진유검은 이미 막말을 던지며 죄인 취급을 하고 있었다.

"집법당주님."

"말씀하십시오, 령주."

부당주 고학의 문제로 누구보다 마음고생이 심한 집법당주 만홍이 정중히 예를 갖추며 말했다.

"이 경우 집법당에선 어떤 벌을 내립니까?"

잠시 생각을 하던 만홍이 입을 열었다.

"미혹한 말로 시비의 죽음을 사주케 하였고 더불어 세 명의 경계병마저 목숨을 잃었으니 의당 목숨으로 그 대가를 치러야 할 것입니다."

사대가문의 주요 인사들에게 죽음을 내리는 집법당주의 대담함에 회의장의 분위기는 더없이 싸늘해졌다.

"하나 시비는 무황성의 혼란을 노리고 거짓 증언을 한 적의 간자였고 경계병들 또한 애당초 그들의 책무를 소홀히 했다는 것 또한 무시할 수 없을 것입니다. 사대가문이 아니라 루외루의 사주에 의해 시비가 목숨을 잃었다면 사건의 진실과 더불어 고학과 육통이 적의 간자임을 밝혀내는 데 보다 많은 시간과 인력이 필요했겠지요. 스스로 목숨을 끊은 경계병들의 죽음은 안타깝지만 결과적으론 잘된 일이라

할 수 있습니다. 이 모든 정황을 참작했을 때 사형은 과한 처사라 봅니다."

만홍의 말이 끝남과 동시에 곳곳에서 안도의 한숨이 흘러나왔다.

"집법당주님의 의견을 제시해 주시지요."

"정상을 참작하여 사형은 면한다고 해도 어쨌든 그 의도가 매우 불순함으로 최소한 십 년은 뇌옥에 투옥되어야 합니다. 물론 판결에 앞서 직접적인 피해를 본 의협진가의 의견 또한 고려가 되어야겠군요."

만홍이 의협진가의 의견은 어떠냐는 듯 진유검을 응시했다.

"의협진가는 개인적인 감정을 버리고 전적으로 무황성의 판단을 따를 생각입니다."

진유검이 수호령주가 아닌 의협진가의 대표로서 의견을 내놓았다.

진유검이, 아니, 의협진가가 대승적인 결정을 했음에도 사대가문의 침울한 분위기는 변화가 없었다.

당연했다.

사형은 면한 것은 다행스런 일이나 십 년이란 세월의 무게 또한 만만한 것은 아니었다.

신도천은 그렇다 쳐도 세 명의 원로, 장로들에게 십 년의 세월을 뇌옥에서 보내라는 것은 사실상 사형선고나 다름없는 것이다.

"수호령주가 허락한다면 노부가 다른 의견을 내놓고 싶네만."

사공추가 넌지시 끼어들었다.

"경청하겠습니다."

"저들의 죄는 누가 보아도 명백하네. 또한 집법당주의 판결 또한 반박할 여지도 없이 명쾌하고. 다만 그동안 사대가문이 무황성과 무림을 위해 많은 공을 세웠다는 것을 조금은 더 감안해 주었으면 하네."

사공추의 말이 끝나자 뭔가 새로운 희망을 본 듯 사대가문의 수장들이 그를 향해 고맙다는 눈짓을 보냈다.

사공추에 이어 제갈명이 말을 이었다.

"계획이 실패했으니 잠시 멈췄던 적들의 공격이 다시 이어질 터. 지금처럼 위급한 상황에서 한 사람의 힘이라도 더 필요하다고 보네. 더구나 그들이 사대가문의 중추라면 더욱 그렇겠지. 군사부에선 그들에게 백의종군(白衣從軍)의 기회를 주는 것을 정식으로 제안하네."

사대가문의 반대편에 섰던 제갈명까지 그들을 두둔하자 다들 의외라는 반응을 보였다.

"집법당주께선 어찌 생각하십니까?"

진유검이 만홍에게 물었다.

"백의종군이라면 나쁜 제안은 아닙니다만 법의 형평성을 따진다면……."

만홍이 머뭇거리자 신도장이 즉시 입을 열었다.

"청룡대(靑龍隊)를 신도천과 함께 백의종군케 하겠소."

청룡대를 아무런 조건도 없이 내놓겠다는 신도장의 선언은 상당한 반향을 불러일으켰고 정의문과 이화검문, 형주 유가의 수뇌들도 어쩔 수 없이 정예들을 내어 놓게 되었다.

"충검단(忠劍團)을 보내겠소."

"이화검문에선 연화단을……."

"운호대(雲虎隊)를 백의종군케 하겠네."

사대가문 수장들의 연이은 선언에 무황성 수뇌들의 입에는 함지박 같은 미소가 걸렸다.

백의종군을 한다는 것은 말 그대로 아무런 지위도 없이 말단에서 싸우겠다는 뜻.

사대가문의 정예들을 그들의 가문과는 상관없이 마음껏 부릴 수 있다는 것은 분명 큰 소득이었다.

회의장에 모인 대부분의 사람들 역시 사대가문에서 그 정도 성의를 보였다면 충분하다 여겼다.

하지만 모든 사람이 그런 것은 아니었다.

제갈명과 진유검이 의미심장한 눈빛을 교환한 것을 확인

한 사공추가 입을 열었다.

"노부가 생각하기엔 사대가문에선 충분한 성의를 보인 것 같은데 수호령주는 어찌 생각하는가?"

사공추의 질문에 다들 수호령주가 어떤 반응을 보일지 궁금해했다.

회의장에 모인 대다수는 군사부에서 죄인들에게 백의종군을 제안하고 이에 호응한 사대가문이 죄인들은 물론이고 일부 정예들마저 그들을 따라 백의종군 시킨다는 선언을 함으로써 사실상 모든 결정은 끝났다고 판단하고 있었다.

"그 정도면 충분하겠군요."

진유검이 선선히 대답하자 곳곳에서 실망의 탄식이 터져 나왔다.

결론이 났다는 것을 알면서도 수호령주라면 한 번쯤 반발해 주기를 기대한 자들의 탄식이었다.

하지만 그들의 판단은 너무 빨랐다.

"단, 한 가지 조건을 더 추가했으면 합니다."

"조건을?"

사공추가 되묻자 진유검이 신도장을 비롯한 사대가문의 수장들을 보며 말했다.

"향후 백 년간 사대가문은 무황 선출에 후보자를 내세울 수 없습니다. 또한 추천권도 박탈할 것입니다. 이것은 수호령주로서 이번 일은 물론이고 과거 무황성에서 벌어진 모든 불미스러운 일을 감안하여 내린 결정입니다."

말이 끝나기도 전에 사대가문의 수장이 거칠게 반발했다.

"불가(不可)!

"가문의 정예들까지 내놓았는데 너무 과한 처사네!"

"절대로 받아들일 수 없는 조건일세."

일촉즉발의 분위기에서도 진유검의 태도는 단호했다.

"뭔가 착각하시는 것 같은데 확실히 해두지요. 제안이라 포장은 했지만 제 말은 단순한 조건이나 제안이 아닌 수호령주의 자격으로 내린 결정입니다. 모든 증인과 증거가 완벽한 이상 제 결정은 번복되지 않을 것입니다. 사대가문에서 불복한다면 어쩔 수 없는 일이겠으나 그럴 경우 무황성의 수호령주로서!"

탁자를 탁 내려치며 몸을 일으키는 진유검의 기세가 불같이 일어났다.

"억울한 누명을 쓴 의협진가의 일원으로서 그만한 대가를 받아낼 것입니다. 설령 그것이 무황성을 피로 뒤덮는다고 해도 말입니다."

진유검이 내려친 거대한 탁자가 쩍쩍 갈라지며 힘없이 무너져 내렸다.

모골이 송연해질 만큼 섬뜩한 경고에 아무도 입을 열지 못했다.

심지어 거세게 반발하던 사대가문의 수장들마저도.

"허허! 그러니까 결국 그 자존심 강한 사대가문에서 령주 님의 제안을 받아들였단 말이로구나."

조단이 믿기 힘든 얼굴로 말했다.

"제안이 아니라니까요. 통보였습니다, 통보."

곽종이 신 나는 목소리로 덧붙였다.

"협박이었지요. 받아들이지 않으면 모조리 쓸어버리겠 다는 무시무시한 협박. 솔직히 사대가문의 수장들이 그렇 게 쉽게 받아들일 줄은 몰랐습니다. 그래도 조금은 더 강하 게 반발할 줄 알았는데."

"답답하기는. 그때 봤잖아요. 주군께서 그 큰 탁자를 산 산조각 내는 것으로도 부족해 기세만으로 여러 명 피를 토 하게 하는 광경을. 상황이 그런데 어떻게 버텨요? 뒈질려면 뭔 짓을 못해. 진짜 그때 늙은이들의 표정을 봤어야 한다니 까요. 크크크!"

전풍의 병사가 떠나가라 괴소를 터뜨리자 진유검이 그의 뒷덜미를 잡아챘다.

"헛소리는 이제 그만하고."

바둥거리는 전풍을 억지로 뒤로 물린 진유검이 말했다.

"어쨌든 상황은 그런 식으로 마무리가 되었습니다."

"걱정했던 것보다는 잘 풀려서 다행입니다."

"예, 문제는 지금부터 시작이지만요."

조단은 진유검의 말뜻을 곧바로 이해했다.

"물러간 세외사패가 다시 공격을 해오겠군요."

"잠시 물러난 것 자체가 놈들의 계략이었으니까요."

"이번 일로 놈들과 루외루가 손을 잡았다는 것이 확실해졌으니 실로 걱정입니다. 무황성 홀로 어찌 그런 거대한 세력을 감당해 낼지……."

조단의 걱정스런 탄식에 모두의 얼굴이 굳었다.

"일단 천마신교와의 관계부터 회복해 볼 생각입니다. 놈들과 맞설 세력은 무황성을 제외하곤 천마신교뿐입니다."

진유검의 말에 조단이 빙그레 웃으며 고개를 저었다.

"관계를 회복한다는 것은 조금 어폐가 있군요. 애당초 무황성과 천마신교는 견원지간이나 다름없었습니다."

"그렇군요. 하면 새로운 관계의 성립이라 해두지요."

"무황성의 수뇌들이, 명문 정파의 수장들이 이를 용납하겠습니까?"

그들의 완고함을 알기에 질문을 하는 조단의 표정은 다소 어두웠다.

"미친, 이런 급박한 상황에서 그런 헛소리를 하는 건 뒈질려고 환장한 겁니다."

전풍이 거친 목소리가 신의당을 쩌렁쩌렁하게 울렸다.

진유검은 그런 전풍을 제지하지 않았다.

오히려 어깨를 으쓱이며 그의 말에 동의를 표했다.

"뭐, 그렇다더군요."

*　　　*　　　*

"설마 심각한 건가?"

질문을 던지는 공손후의 안색이 차갑게 굳었다.

"다행히 목숨에는 지장이 없지만 상당한 부상을 당했다고 합니다."

"음."

환종의 대답에 공손후의 입에서 절로 침음이 흘러나왔다.

"셋째가 그 지경이 되었다면 그 녀석은 필시 죽었겠군."

흠칫하던 환종이 힘없이 고개를 끄덕였다.

"예, 포위망을 구축한 무황의 직속부대 십여 명을 전멸시켰다고 합니다만 그 싸움 전에 천강십이좌로 확인된 늙은 이와의 대결에서 큰 부상을 당해서……."

"몽월단주(夢月團主)는 이 사실을 아나?"

"아직 모릅니다."

"내가 직접 말할 것이다. 그것이 내가 그에게 해줄 수 있는 최소한의 예의일 테니."

평생지기이자 가장 믿음직한 수하의 얼굴을 떠올리는 공손후의 얼굴에선 진한 슬픔이 묻어나왔다.

"알겠습니다."

환종이 공손히 허리를 숙였다.

"그 아이들은 어디에서 부상을 치료한다고 하던가요? 혹, 뒤쫓는 자들이 있는 것은 아닌지 걱정이군요."

공손유의 물음에 환종이 얼른 답했다.

"그쪽도 피해가 만만치가 않아서 추격할 여력은 없을 것입니다. 그리고 막내 아가씨께서 적의 추격을 허락할 분도 아니고요."

"그렇긴 하군요. 걱정이 컸는데 어찌 보면 막내의 고집이 셋째를 살렸네요."

공손유가 안도의 숨을 내쉬자 공손후가 영 못마땅하다는 표정을 지었다.

"고작 천강십이좌 따위에게 고전을 했으면서 무슨 생각으로 수호령주를 도모하겠다고 한 것인지 모르겠다."

"도모하겠다고 하지는 않았습니다. 그저 수호령주가 어

떤 자인지 한번 보고 오겠다고 한 것이지요."

"막내의 성격을 모르느냐? 제 언니의 일만 아니었다면 틀림없이 무모한 짓을 벌였을 게다. 어떤 결과가 나왔을지는 뻔했겠지. 대체 누굴 닮아 그런 것인지."

공손후가 관자놀이를 지그시 짚었다.

아름다운 외모, 탁월한 무공만큼이나 천방지축 어디로 튈지 모르는 성격을 지닌 막내 공손민(公孫珉)을 생각하자 머리가 지끈지끈 아파왔다.

"그래도 천강십이좌를 물리치고 셋째를 구했으니 칭찬을 해주셔야 할 것 같습니다."

"고 녀석이 뛰어나다는 것은 이 애비도 알고 있다. 하나 그건 아직까지 정말로 무서운 고수를 만나지 못해서 그런 것도 있어. 이번 일로 자만심만 더 커질까 걱정이다."

천강십이좌 정도면 무황성은 물론이고 전 무림을 통틀어서도 손에 꼽히는 실력자라 할 수 있다.

그만한 상대를 만났음에도 오히려 패퇴를 시키고 위험에 빠진 셋째까지 구해왔다는 것은 공손민의 실력이 얼마나 대단한지 여실히 보여주는 것이다.

그럼에도 공손민에 대한 공손후의 근심은 가실 줄 몰랐다.

'다른 일엔 그렇게 냉철하신 분이 유난히 막내에겐 약하

시단 말이야.'

공손유의 입가에 슬쩍 미소가 지어졌다.

공손후의 지극한 사랑을 받는 공손민이 약간은 부럽기도 했다.

그때였다.

방문이 열리며 공손무가 종종 걸음으로 들어섰다.

"계획에 차질이 생겼다고?"

"오셨습니까?"

공손후가 자리에서 일어나 예를 차렸다.

"계획이 실패했다는 말을 들었네. 맞나?"

"아직 제대로 된 설명은 듣지 못했습니다만 그렇게 되었다는군요."

공손무의 시선이 환종에게 향했다.

"어찌 된 것인지 자세히 설명해 보거라."

환종은 즉시 입을 열었다.

"조금 전, 거의 동시에 두 마리의 전서구가 도착했습니다. 그중 하나가 무황성에서 온 것입니다. 전서구를 보내온 사람은……."

무황성에서 날아온 전서구를 시작으로 환종의 설명은 한참이나 이어졌다.

무황성 회의실에서 벌어진, 진유검이 의협진가의 누명을

벗기고 사대가문을 치죄했던 일련의 일이 환종의 입을 통해서 마치 그 상황을 보고 있는 것처럼 전해졌다.

환종의 설명을 듣는 이들은 자신들의 계획이 실패했다는 것은 둘째 치고 무황성 전력의 핵심이라는 사대가문을 마음껏 농락하는 진유검의 능력에 진심으로 감탄을 하면서도 두려움을 느껴야만 했다.

길게 이어졌던 환종의 설명이 끝나자 공손무의 입에서 긴 탄성이 터져 나왔다.

"사대가문을 그런 식으로 눌러버리다니. 확실히 인물은 인물이야. 대단하군, 수호령주."

"예, 이전부터 생각한 것이지만 우리들의 가장 큰 적은 무황성이 아니라 바로 수호령주인 것 같습니다."

무겁게 동의를 하는 공손후의 눈빛에서 루외루의 루주가 아닌 한 사람의 무인으로서의 호승심이 잠시 나타났다 사라졌다.

"이번 일로 무황성에 구축하고 있던 정보망이 완전히 무너졌습니다. 그동안 무황성에 심어놓은 거의 모든 세작이 사로잡혔습니다. 무사한 자들이 있기는 하지만 그들만으로는……."

환종의 말에 공손후가 고개를 저었다.

"과거라면 모를까 지금은 그다지 큰 문제가 되지 않는다.

그들이 아니더라도 이렇게 정보를 줄 사람은 여전히 존재하는 것이고."

"흠, 산외산과 손을 잡고 첫 번째 시작한 일이 실패로 돌아가니 입맛이 쓰군."

공손무가 입맛을 다시며 찻잔을 들었다.

"하지만 무황을 제거했으니 성과가 아주 없는 것은 아닙니다. 특히 수호령주가 사대가문에 제재를 가한 것을 제대로 이용만 한다면 본 루에 큰 도움이 되리라 생각됩니다."

공손유의 말에 공손무의 눈빛이 살짝 변했다.

"도움이라면 어떤 도움이더냐? 설명을 해보거라."

"무황이 제거가 된 이상 필연적으로 새로운 무황을 뽑을 수밖에 없습니다. 수호령주가 무황의 자리를 거절했고 사대가문에서 후보가 나서지 못하는 이상 차기 무황은 거의 결정이 되었습니다."

공손후가 환종을 바라보았다.

"비상에선 남궁세가의 남궁결과 화산과 무당이 밀고 있는 전진의 무엽을 가장 유력한 후보로 판단하고 있습니다. 원래는 수호령주가 무혈입성을 하게 되리라 생각했지만 이번에 그가 무황의 자리에 뜻이 없음을 확실히 밝혔기에 제외했습니다."

공손유가 말을 이었다.

"단주가 말한 대로 무황은 남궁결과 무엽 두 사람으로 압축되었다고 해도 과언은 아닙니다. 하지만 그들 이외에도 가능성이 있는 후보가 몇몇 있습니다. 그중 한 명이 바로 우리 쪽 사람입니다. 그를 무황으로 만들어야 합니다."

공손유의 시선이 자신에게 향하자 공손무가 껄껄 웃으며 말했다.

"일전에 세웠던 계획을 이어가자는 말이로구나."

"예, 그가 무황의 자리에 오르면 어지러운 정국을 헤쳐 나가는 데 큰 도움이 될 것이라 생각합니다."

"생각보다 쉽지 않은 일이다. 자칫 의미 없는 출혈이 생길 수도 있고. 산외산과 손을 잡은 지금 어차피 무황성은 무너지게 되어 있다. 한데 무황의 자리가 그런 희생을 감안할 만큼 가치가 있을까?"

공손무가 그녀를 시험하듯 질문을 던졌다.

"그를 무황에 세우고자 하는 이유가 단순히 무황성만을 무너뜨리고자 함이 아니기 때문입니다."

"무황성이 아니다?"

공손후가 고개를 갸웃거리며 반문했다.

"예, 무황성이 아니라 산외산을 염두에 둔 포석입니다."

"계속해 보거라."

공손무가 의미심장한 웃음을 지으며 설명을 재촉했다.

"아버님 말씀대로 무황성이 무너지는 것은 필연. 수호령주가 아무리 뛰어난 능력을 지녔다고 하더라도 막을 수는 없습니다. 그렇다고 무림에서 무황성의 존재를 완전히 지워 버리지는 못합니다. 중원 무림의 저력은 그렇게 쉽게 뿌리가 뽑힐 만큼 나약하지 않습니다. 무황성이 무너졌다고 해도 제이, 제삼의 무황성이 새롭게 생겨날 것입니다. 그리고 무황은 바로 그들의 구심점이 되겠지요."

"물론 계속된 저항이 이어지겠지. 그러나 기운 달이 다시 차오르긴 쉽지 않은 일이다."

공손후가 회의적인 표정으로 말했다.

"그 저항이 우리가 아닌 루외루에 집중된다면, 아니, 그전에 무황성이 완전히 무너지기 전부터 우리가 아닌 산외산과의 싸움에 보다 많은 힘을 쏟아부으면 어떨까요? 수호령주의 등장으로 유례없이 나약한 무황이긴 하겠지만 최소한 무황의 지위라면 그 정도 영향력은 있을 것 같은데요."

"옳거니!"

공손무가 참았던 탄성을 내뱉었다.

"허허허! 네가 작금의 국면을 아주 제대로 파악하고 있구나. 그럼 한 가지만 더 물어보자꾸나. 어떻게 우리쪽 녀석을 무황의 자리에 앉힐 생각이냐?"

공손무의 칭찬에 약간은 상기된 표정으로 호흡을 가다듬

은 공손유가 천천히 입을 열었다.

"일전에 당숙조께서 말씀하신 계획을 그대로 따르면 될 것 같습니다. 무황을 제거하고 무황성에 큰 혼란을 야기한다는 계획은 사실상 실패했고 계획이 실패한 것을 알게 되면 세외사패는 곧바로 멈췄던 공격을 시작할 것입니다. 특히 세외사패 중 가장 호전적이며 이미 천마신교를 초토화시키고 십만대산에 눌러앉은 야수궁이 우선적으로 도발을 시작하리라 봅니다."

자리에서 일어난 공손유가 벽면에 걸려 있는 지도를 향해 움직였다.

지도의 각 지역에는 그곳에 위치한 문파를 상징하는 깃발이 빼곡히 그려져 있었다.

"그들의 첫 번째 공격 목표는 십만대산을 되찾기 위해 인근에 진을 치고 있는 천마신교가 될 것입니다."

공손유의 손이 십만대산 북쪽에 위치한 남궁세가와 무황성을 연이어 짚었다.

"그동안 행동과 성격을 고려했을 때 수호령주는 반드시 천마신교를 돕기 위해 움직입니다."

"남궁세가를 거치겠지. 남궁세가와 그곳에 모여 있는 무림인들의 도움을 받아 합공한다면 야수궁을 상대하는 데 한결 쉬워질 테니."

공손무가 말했다.

"예, 지난번처럼 거절은 못할 것입니다. 무황성에서 벌어진 일로 수호령주의 힘을 다시금 깨닫게 되었을 테니까요. 다들 자발적으로 수호령주를 도우려 할 것이지만 특히 유력한 후보로 인정받고 있는 남궁세가와 남궁결은 그의 지지를 끌어내기 위해서라도 최선을 다하리라 여겨집니다. 그리고 그 점을 기회로 하여 반드시 그를 제거해야 합니다."

"남궁결을 말이냐?"

공손후가 물었다.

"예, 여기서 중요한 것은 그의 죽음에 대해 아무도 의심을 품지 않도록 자연스럽게 제거를 해야 한다는 것입니다. 수호령주는 물론이고 산외산에서 우리의 의도를 눈치채면 절대로 안 됩니다. 그래야 우리 쪽 사람이 무황이 될 수 있습니다."

"자연스러운 제거라. 암살이 아니라면 결국 대규모로 인원을 움직여야 한다는 말이구나."

"예, 수호령주와 무황성이 천마신교를 돕듯 우리도 야수궁을 도와 싸움에 끼어들어야 합니다."

"산외산과 연합을 했으니 싸움에 참여하는 것은 당연하겠지. 앞으로의 일을 생각했을 때 오히려 적극적으로 나서는 것도 나쁘지는 않을 것 같다. 하면 누구를 보내면 적당하겠느냐?"

"제가 가겠습니다."

순간 공손무가 깜짝 놀라 되물었다.

"네가?"

"예, 조사에 따르며 남궁결의 실력이 알려진 것보다 훨씬 높은 경지에 이르렀을 가능성이 있습니다."

"맞느냐?"

공손무가 환종에게 고개를 홱 돌려 물었다.

"정확하지는 않습니다만 최소한 현경에 이른 것은 아닌가 의심됩니다."

환종의 대답에 공손무의 눈빛이 차갑게 가라앉았다.

"화경이 아닌 현경이라. 그것도 최소한이라면 그 이상일 수도 있다는 말이로군."

"그렇습니다."

한숨을 내쉰 공손무가 걱정스런 눈길로 공손유를 바라보았다.

"환종의 말이 사실이라면 확실히 생각해 볼 문제인 것 같구나. 본 루에도 현경에 이른 자가 제법 되지만 화후가 깊거나 그 이상이라면 솔직히 상대하기가 쉽지는 않아. 그렇다고 루주나 형님께서 나서는 것도 모양새가 좋지는 않고."

"제가 할 수 있습니다."

공손유가 차분히 말했다.

"일전에 형님을 통해 네 실력에 대해 들었다. 정말 자신이 있는 것이냐?"

"예."

더없이 침착한 대답에 그녀가 숨기고 있는 실력이 어떠한지 충분히 전해 들었음에도 불구하고 공손무는 쉽게 믿을 수가 없었다.

"허허! 이것 참. 정말 믿어야 하는 것인지 모르겠다. 자칫 잘못되기라도 한다면……."

공손무가 걱정을 거두지 않자 공손유가 직접 나서겠다는 말을 했음에도 별다른 동요를 보이지 않던 공손후가 담담히 웃으며 말했다.

"그건 걱정하지 마십시오. 이미 본 루에서도 저 아이를 감당할 수 있는 사람은 저 외에 은거하신 어르신들 몇 분뿐입니다. 남궁결이 생각 밖으로 뛰어난 실력을 지녔다고 해도 지금 유아가 지닌 실력이라면 별다른 문제는 없을 겁니다."

공손무의 입이 쩍 벌어졌다.

"설마, 그 정도인가?"

"예, 단언컨대 본가 역사상 최고의 천재라 해도 부족함이 없습니다."

살짝 눈을 내리깔고 있는 공손유.

그녀를 바라보는 공손후의 눈빛엔 자랑스러움과 자부심
이 가득 담겨 있었다.

51장

대륙상회(大陸商會)

짙은 안개가 자욱이 깔린 새벽녘.

한 치 앞도 보이지 않는 안개를 헤치고 은밀히 움직이는 노인과 중년인이 있었다.

나이를 가늠키 힘들 정도로 비범한 기운을 뿜어내는 노인과 중년인은 다름 아닌 천강이좌 항정과 육좌 임소한이었다.

루외루의 존재와 함께 그들에게 유상이 목숨을 잃었다는 비보를 전해 들은 항정과 임소한은 진유검과 앞서 움직인 동료들과 합류하기 위해 무황성으로 향하다가 때마침 문청공과 조단을 물리치고 도주하는 공손민을 발견하게 되었다.

당장 퇴로를 막고 공격을 해야 한다고 주장한 임소한과는 달리 항정은 냉정했다.

문청공을 쓰러뜨릴 정도의 고수라면 루외루에서도 상당히 중요한 인물일 터.

단순히 사로잡거나 목숨을 빼앗는 것보다는 은밀히 뒤를 밟아 구름 속에 가려진 루외루의 진면목을 파헤치는 것이 더 낫다고 판단한 것이다.

문청공의 부상에 극도로 흥분했던 임소한은 항정의 설명을 듣고 자신의 주장을 꺾었다.

의견 일치를 본 항정과 임소한은 은밀히 공손민의 뒤를 밟기 시작했다.

어느 순간부터 공손민의 주변으로 사람들이 몰려들기 시작했다.

신경을 써야 할 만큼 뛰어난 무공을 지닌 이들은 아니었으나 주변을 살피고 공손민의 흔적을 철저히 지우며 이동하는 것을 보면 매우 특수한 훈련을 받은 자들이라는 것을 알 수 있었다.

그들의 방해에도 불구하고 항정과 임소한은 공손민을 따라붙는 데 성공했다.

공손민이 언니 공손예의 부상에 신경을 빼앗기지 않았다면 그녀의 실력을 감안했을 때 미행에 성공하기가 쉽지 않았을 터이나 눈앞에서 피투성이가 된 공손예의 모습은 그녀에게 상당히 큰 충격을 주었다.

평정심이 흐트러지고 평소의 냉철함을 유지하지 못하게 되면서 그녀는 항정과 임소한의 존재까지 놓치고 말았다.

물론 비상의 수하들이 주변을 에워싸고 있기에 조금은 방심을 한 것도 이유 중의 하나였다.

"이곳이 어딘지 알겠는가?"

항정이 안개에 휘감겨 묘한 분위기를 풍기고 있는 거대한 장원을 가리키며 물었다.

"글쎄요. 주변 건물을 보면 큰 도시 같은데 솔직히 잘 모르겠습니다."

미행을 들키지 않도록 신경을 곤두세웠던 임소한이 상당히 피곤한 얼굴로 고개를 저었다.

"그럼 저 문에 그려진 문양이 어떤 곳을 상징하는 것인지 아는가?"

항정이 안개 사이로 드러난 장원의 정문을 가리키며 다시 물었다.

정문엔 거칠게 갈기를 휘날리며 질주하는 다섯 마리의

백마가 그려져 있었는데 금방이라도 문을 박차고 뛰쳐나올 듯 생생했다.

"흐음."

임소한이 고개를 갸웃거렸다.

분명 어디선가 본 듯한 그림이건만 기억이 나지 않았다.

"어딥니까?"

임소한이 잔뜩 긴장된 얼굴로 물었다.

"질주하는 다섯 마리의 백마를 상징으로 삼는 곳은 중원에 오직 한 곳. 대륙상회뿐이지."

"대, 대륙상회입니까?"

임소한이 놀라 되물었다.

"노부의 기억이 틀리지 않는 한 틀림없네."

"맙소사!"

임소한은 하얗게 질린 얼굴로 다시금 안개 속으로 사라지고 있는 대륙상회 형주지부를 바라보았다.

전통의 남경상련(南京商聯), 근래 들어 크게 세를 떨치고 있는 무창상단과 더불어 중원 삼대 상단이라 불리고 있지만 누구도 부인할 수 없을 정도로 압도적인 부를 자랑하는 중원 최고의 상단이 바로 대륙상회였다.

"소문엔 음부곡이 루외루의 자금줄이라고 하던데 이제

보니 착각도 그런 착각이 없군요. 대륙상회에 비하면 태양과 반딧불을 비교하는 격이 아닙니까? 대륙상회가 루외루의 것이라면 놈들의 힘은 우리가 상상하는 것보다 훨씬 대단할 수 있습니다."

"그렇겠지. 어쩌면 무력(武力)보다 더 무서운 것이 금력(金力)이니까."

항정 역시 임소한 못지않게 굳은 얼굴로 고개를 끄덕였다.

"한데 무황성 인근에 이만한 규모의 지부가 있을 만한 도시는 형주와 의창뿐입니다. 의창은 아무래도 거리가 있으니 형주겠군요."

"맞네. 대륙상회 형주지부일세."

"형주유가가 알면 기겁하겠습니다. 턱 밑에 비수가 박혀 있는 것도 몰랐으니 말입니다."

"형주유가뿐만이 아니겠지. 어지간한 도시엔 지부를 두고 있는 대륙상회의 규모를 감안해 보면 전 무림이 놈들에게 농락을 당한 셈이야. 대륙상회가 루외루와 연관이 있을 것이라고 누가 상상이나 했겠나?"

"빨리 이 사실을 알려야 하지 않겠습니까?"

"알려야지. 하지만 조금 더 조사를 해볼 필요가 있다고 보네. 대륙상회가 루외루의 또 다른 모습인지 아니면 단순히 하부조직인지 그것도 아니면 공생관계인지 말이야."

"그렇군요."

임소한이 이해했다는 듯 고개를 끄덕였다.

"하면 담을 넘는 것입니까?"

"아무래도 그래야 하지 않을까?"

항정이 천천히 몸을 일으켰다.

"허허! 이 나이에 월담이라니. 소호를 데리고 오지 않은 것이 다행이군."

임소한은 항정이 몇 해 전 제자로 삼은, 어린 나이에도 부리부리한 눈빛이 인상적이었던 꼬맹이를 떠올리며 웃었다.

"잘 성장하고 있습니까?"

"그런대로 기대에 부응은 하고 있네. 작금의 상황이 몇 년 만 늦춰졌다면 노부가 아니라 그 녀석이 활약을 하고 있었을 게야. 하지만 아직은 아니지. 실력도 그렇고 너무 어려."

항정의 말속에 듬뿍 담겨져 있는 자부심과 뿌듯함을 느끼며 임소한은 조만간 무림에 또 다른 실력자가 출현할 것임을 직감했다.

"어때? 괜찮을 것 같아?"

뛰어난 미모를 아직은 앳된 얼굴로 감추고 있는 공손민이 걱정 가득한 얼굴로 물었다.

"근골이 많이 상하셨고 내상도 제법 심각하시지만 제대로 치료만 하면 회복하시는 데 큰 지장은 없을 것입니다. 다만 얼굴의 상처만큼은……."

공손예를 치료한 늙은 의원이 송구한 표정으로 말끝을 흐렸다.

"흉터가 난다는 말이야?"

"그렇습니다."

"말도 안 돼! 약을 쓰면 되잖아. 좋은 약을. 돈은 얼마든지 좋으니까 명약을 구해서 쓰란 말이야."

공손민이 날카롭게 소리쳤다.

"죄, 죄송합니다만 벌어진 상처가 너무 깊어서 아무리 좋은 약을 쓴다고 해도 흉터가 남는 것을 막을 수는 없습니다."

늙은 의원은 그 모든 것이 자신의 잘못이라도 되는 양 납작 엎드렸다.

공손민은 고약한 냄새를 풍기는 금창약(金瘡藥)이 덕지덕지 발라져 있는 공손예의 얼굴을 바라보며 입술을 꼬옥 깨물었다.

네 자매 중 가장 뛰어난 미모를 지닌 공손예에게 왼쪽 볼에 남겨질 흉터는 평생을 간직할 큰 아픔이요, 상처가 될 것이다.

"이럴 줄 알았으면 그때 확실하게 숨통을 끊어놓는 것인데 그랬어."

공손민은 공손예에게 부상을 안기고 자신을 막아서던 조단을 상기하며 짙은 살기를 내뿜었다.

당시의 공격으로 큰 부상을 면치는 못했겠지만 공손예를 구해야 한다는 생각에 연이은 공격을 펼치지는 못했다. 예상컨대 목숨을 구하는 데 지장은 없었을 것이다.

애써 화를 억누른 공손민이 양손을 가지런히 모으고 침착히 서 있는 중년인을 향해 고개를 돌렸다.

"이 지부장님."

"예, 아가씨."

호북 경제를 한 손에 쥐고 흔든다고 알려진 대류상회 형주지부장 이근이 공손히 허리를 숙였다.

"갑자기 들이닥쳐 미안해. 언니의 부상이 회복할 때까지 당분간 신세 좀 질게."

"신세라니 당치도 않으십니다. 걱정 말고 편히 쉬십시오. 필요한 모든 조치를 취해놓겠습니다."

"고마워. 그래도 이곳에 오는 동안 최대한 조심을 했으니 큰 문제는 없을 거야."

공손민의 시선이 자신에게 향하자 비상 팔조장 오기린이 조심스레 입을 열었다.

"무황성에서 이곳으로 향하는 과정에서의 흔적을 모두 지웠습니다. 짙게 낀 안개의 덕도 보았고요."

"확실히 자신할 수 있어? 그 안개로 인해 우리의 이목이 가려질 수도 있어."

공손민의 날카로운 지적에 오기린의 몸이 살짝 흔들렸다.

하지만 이내 자세를 바로하고 단호한 태도로 대답했다.

"아가씨께서 이동하시는 동안 반경 백 장을 철저하게 살폈습니다. 제 목을 걸고 말씀드리자면 그런 일은 절대로 있을 수 없습니다."

"그렇다고 목까지 걸 필요는 없고."

공손민이 정색했던 표정을 풀며 말했다.

그녀는 굳이 오기린의 자신감이 아니더라도 자신의 이목에 걸리지 않고 접근할 수 있는 추격자가 있을 것이란 생각은 전혀 하지 않았다.

"그나저나 상황이 어떻게 돌아가고 있는 거지? 무황성에서의 일은 완전히 망친 거야?"

"무황성 인근에서 최대한 빨리 벗어나라는 명이 떨어진 것을 보면 단순히 망친 수준이 아닌 것 같습니다."

공손예의 안전을 위해 온 정신을 쏟느라 오기린과도 별다른 대화를 나누지 못했던 공손민이 두 눈을 동그랗게 뜨고 반문했다.

"그런 명이 떨어졌어?"

"예, 아마도 무황성에 자리 잡은 우리 쪽 조직이 완전히 드러난 것 같습니다."

"하긴 그러니까 언니가 저 꼴이 된 것이겠지. 그래서, 루에선 어떻게 할 거래?"

"두 분 아가씨를 만났다는 보고를 올린 후, 안전을 고려해 일단은 연락을 끊은 상태입니다."

"우리가 이곳에 있다는 연락도 안 한 거야?"

"아닙니다. 형주에 접어들기 직전에 전서구를 띄웠으니 지금쯤 도착했을 겁니다."

"그럼 곧 연락이 오겠네. 아무튼 아쉬워. 수호령주가 어떤 자인지 꼭 보고 싶었는데."

수호령주를 보고 싶었다는 말에 오기린과 이근이 기함한 표정을 지었다.

"그렇게 놀랄 것 없어. 나도 내가 무모했다는 것을 깨달았으니까. 한낱 수하도 어쩌지 못하면서 대체 무슨 자신감이었는지."

공손후의 예상대로 수호령주와의 한판 대결을 꿈꿨던 공

손민은 수호령주의 수하인 천강십이좌도 손쉽게 제압하지 못한 것에 나름 큰 충격을 받은 상태였다.

"그런데 오 조장."

"예, 아가씨."

"조금 전에 목숨을 건다고 했던가?"

"예? 무슨……."

갑작스런 질문에 오기린이 두 눈을 끔뻑거렸다.

"완벽하게 흔적을 지웠다고 했었잖아."

싱글거리며 질문을 던지는 공손민의 손에는 어느새 늙은 의원이 지니고 있던 금침이 가득 들려 있었다.

"그, 그랬습니다."

오기린이 여전히 영문을 모르겠다는 듯 대답했다.

"앞으로는 함부로 목을 걸지 마. 이번엔 봐줄 테니까."

말이 끝나는 것과 동시에 공손민의 손에 들린 금침이 창문이 나 있는 벽을 향해 날아갔다.

눈으로 가늠하기도 쉽지 않은 얇은 금침이 단숨에 창문과 벽을 뚫고 사라졌다.

공손민의 신형 또한 금침을 따라 움직였다.

그녀의 손짓에 의해 창문은 물론이고 벽면 자체가 힘없이 무너져 내렸다.

밖으로 뛰쳐나간 공손민이 지면에 발을 내딛는 순간, 그녀를 향해 은밀한 파공성이 밀려들었다.

전광석화처럼 움직여 뭔가를 낚아채는 공손민.

그녀의 손가락에 방금 전, 그녀가 던진 금침 몇 개가 끼어 있었다.

코웃음을 친 공손민이 차가운 눈빛으로 전방의 나무를 노려보았다.

"도망치지 않을 거면 나오는 게 어때?"

"허허! 확실히 대단해."

항정이 너털웃음을 터뜨리며 모습을 드러냈다.

어깨를 슬쩍 어루만지며 나타는 것이 공손민이 던진 금침에 부상을 당한 것 같았다.

'조심했어야 했는데.'

항정은 공손민이 수호령주를 만나보고 싶었다는 말을 듣는 순간 자신도 모르게 기척을 내고 말았고 결국 공손민의 날카로운 감각에 걸리고 말았다.

항정은 자신의 어이없는 실수를 자책하며 쓴웃음을 짓고 말았다.

항정이 모습을 드러낸 것과 동시에 전각 주변을 지키고 있던 호위무사들이 벌 떼처럼 달려들어 포위망을 구축했다.

애당초 호위무사 따위는 눈에도 들어오지 않던 항정의

시선은 오직 공손민에게 고정되었다.

"영감은 누구지?"

공손민이 항정에게서 느껴지는 기운에 살짝 긴장된 표정으로 물었다.

자신의 이목을 피해서 이토록 근접한 것도 그렇고 금침을 피한 것만 봐도 만만찮은 실력을 지녔다고는 생각했지만 막상 정면으로 마주하게 되자 만만찮은 정도가 아니었다.

"지난밤, 노부의 친구들이 네게 신세를 진 일이 있었지."

"천강… 십이좌?"

항정은 대답 대신 여유로운 미소를 지어 보였다.

여유로운 겉모습과는 달리 그의 내심은 그렇지 못했다.

방금 전, 공손민이 날린 금침에 예기치 않은 부상을 당하고 말았다.

그 한 번의 공격으로써 그녀가 문청공과 조단을 물리친 것이 결코 우연이거나 운이 아니라는 것은 확실하게 알 수 있었다.

"그때부터 우릴 쫓아온 거야?"

"그럼 셈이지."

공손민의 고운 아미가 제대로 일그러졌다.

아무리 급박한 상황이었다지만 이토록 완벽하게 미행을 허용했다는 것은 자존심이 상하는 일이다.

그녀를 수행하며 기척을 지운 오기린 역시 힘없이 고개를 떨구고 말았다.

"어째서 그때 공격을 하지 않은 것이지? 그때라면……."

"우문(愚問). 그랬다면 대륙상회와 루외루의 관계를 알아낼 수는 없었겠지. 노부가 원한 것과는 방향이 조금 다르긴 하지만 이만한 성과라면 나쁘지는 않구나."

항정의 말에 공손민은 이를 뽀득 갈았고 오기린의 안색은 흙빛이 되었다.

"성과라고 말하기엔 조금 이르지 않을까? 대륙상회가 본루와 연관이 있다는 사실은 이곳 담장을 넘지 못할 테니까."

차갑게 외친 공손민이 역천혈사공을 운용하기 시작했다.

단전에서 시작한 역천혈사공의 공능이 사지백해로 뻗어나가며 전신에 주체할 수 없는 힘을 주었다.

그녀의 곧추세운 검에서 혈기가 뿜어져 나왔다.

하늘 높이 치솟는 혈기의 힘에 주변을 잠식하던 안개마저 사방으로 흩어졌다.

후우우우웅!

대륙상회를 휘감는 웅장한 검명.

항정은 공손민의 검에서 뿜어져 나온 혈기가 조금씩 형상화과 되는 것을 보며 침음을 삼켰다.

"강할 줄은 알았지만 상상 이상이군."

혈기가 형상화가 된, 연신 화염을 뿜어내는 열다섯 마리의 혈룡이 주는 위압감은 실로 대단했다.

단순히 기세만으로 온몸이 찢겨 나가는 듯했다.

항정 역시 당하고 있지만은 않았다.

노구임에도 전신에서 뿜어져 나오는 기운은 능히 혈룡과 맞설 만했다.

항정은 공손민의 공격을 기다리지 않았다.

예의나 격식을 따지는 것이 아니라 상대의 실력을 자신보다 우위로 놓고 곧바로 선공을 감행했다.

그의 검에서 치솟은 청광이 용틀임을 하는 혈룡을 향해 나아갔다.

청광을 향해 혈룡이 일제히 반응하자 주변은 온통 붉은 기운으로 도배가 되었다.

그 붉은 기운을 뚫고 살아남은 청광이 포효하듯 치솟았다.

전신의 기운을 모조리 끌어 올린 항정은 차근차근 혈룡을 제거해 나갔지만 공손민의 반격도 그만큼 날카롭고 매서웠다.

별빛과 달빛은 물론이고 새벽녘 여명의 기운마저 삼켜 버린 짙은 안개를 가르며 펼쳐지는 용쟁호투.

허공에서 부딪치는 혈룡과 청광의 박투는 보는 이로 하여금 경이로움과 감탄을 자아내게 했다.

얼마의 시간이 흘렀을까?

한 치의 물러섬도 없이 치열하게 이어지던 싸움도 조금씩 그 윤곽이 드러나기 시작했다.

청광에 휩쓸린 혈룡의 대부분이 흔적도 없이 사라졌지만 그만큼 청광의 위력도 반감되었다.

마침내 세 마리의 혈룡이 살아남았을 때 고군분투를 펼치던 청광이 급격히 빛을 잃고 사라지고 말았다.

쿵! 쿵! 쿵!

공손민의 공격을 감당하지 못한 항정이 바닥에 뚜렷한 족적을 남기며 뒷걸음질 쳤다.

족적을 따라 점점이 흩뿌려진 선혈은 그의 코와 입에서 흘러나온 것이다.

파스스슷!

섬뜩한 파공성과 함께 입을 쩍 벌린 혈룡이 항정의 어깨를 날카롭게 훑고 지나갔다.

항정의 입에서 고통스런 신음이 흘러나오고 신형이 거칠

게 흔들렸다.

축 늘어진 어깨의 살이 한 뭉텅이나 잘려 나가며 지금껏 흘린 피와는 비교도 되지 않을 선혈이 허공에 뿌려졌다.

항정도 그냥 당하고 있지는 않았다.

혈룡이 자신의 어깨를 망가뜨리는 순간, 또 한 마리의 혈룡을 지웠고 나아가 혈룡을 움직이고 있는 공손민에게 적지 않은 부상을 입혔다.

하지만 그게 전부였다.

곧바로 이어지는 역공에 항정은 속수무책으로 당할 수밖에 없었다.

이를 악물고 정신없이 검을 움직여봐도 위력은 이전에 비할 바가 아니었다.

전신에 상처가 급격하게 늘어나고 몸의 움직임 또한 확연히 드러날 정도로 느려졌다.

파스스슷!

마지막까지 살아남은 혈룡이 항정의 전신을 날카롭게 물고 뜯을 찰나였다.

혈룡이 내뿜는 것과는 이질적인 화염이 엄청난 속도로 날아들었다.

혈룡과 부딪친 화염은 단숨에 혈룡을 집어삼켰고 끝까지

발악하던 혈룡마저 힘없이 흩어졌을 때 나직한 신음과 함께 공손민의 신형이 바닥에 주저앉았다.

그 와중에도 그녀의 시선은 화염의 주인, 새롭게 나타난 적을 향해 있었다.

"괜찮으십니까?"

절체절명의 위기에서 항정을 구한 임소한이 피투성이가 되어 비틀거리는 항정을 부축하며 물었다.

"괜찮네."

"늦어서 죄송합니다. 귀찮은 놈들을 만나는 바람에."

임소한이 면목 없다는 듯 고개를 숙였다.

항정과 흩어져 대륙상회와 루외루의 관계에 대해 조사를 하던 임소한은 항정이 공손민과 대적하고 있음을 느끼고 곧바로 몸을 날렸다.

하지만 너무 서두르는 바람에 항정이 있는 곳으로 향하던 적들과 정면으로 마주치게 되었다.

형주유가의 영향력 안에 있던 대륙상회는 루외루의 직접적인 도움을 받을 수는 없었지만 대신 막강한 금력을 동원하여 많은 고수를 고용하고 있었다.

임소한이 마주친 자들이 바로 그런 자들이었다. 물론 그가 버거워할 정도의 실력자는 없었으나 어쨌든 시간이 지체되는 것은 피할 수가 없었다.

"이렇게 와준 것만으로도 다행이지."

항정이 쓴웃음을 지으며 고개를 저었다.

"마무리를 짓겠습니다."

차갑게 내뱉은 임소한이 연신 피를 토하고 있는 공손민을 향해 다가갔다.

오기린은 물론이고 주변의 경계병들이 공손민을 구하기 위해 다급히 움직였지만 임소한의 발걸음을 막지 못했다.

경계병들을 도륙하며 접근하는 임소한을 보면서도 공손민은 움직이지 않았다.

움직이자면 못할 것도 없었다.

다만 항정 못지않은 고수로 보이는 임소한과 맞설 만한 힘은 애당초 남아 있지 않은 상황에서 괜히 구차한 모습을 보이느니 깨끗하게 생을 마감할 결심이었다.

죽음을 각오한 공손민을 위해 엉뚱한 곳에서 구원의 손길이 다가왔다.

"그만하게."

막 공손민의 목숨을 취하려던 임소한이 움직임을 멈추고 고개를 돌렸다.

"아무리 적이라지만 아직 어린아이네. 명색이 천강십이좌의 한자리를 차지하고 있는 우리가 일대일의 대결에서

패하고 차륜전으로 목숨을 빼앗는다면 세상이 비웃을 것이야."

"하지만 무림을 어지럽히는 루외루의 계집입니다. 게다가 어르신까지 감당하지 못하는 실력을 감안했을 때 이대로 살려준다면 훗날 얼마나 많은 이가 저 계집아이에게 목숨을 잃을지 모릅니다. 후환을 생각해서라도 지금 이 자리에서 제거해야 합니다."

문천공과 조단은 몰라도 항정마저 감당하지 못할 줄은 몰랐던 임소한은 공손민의 실력에 상당한 충격과 공포를 느낀 상태였다.

"그렇긴 하지만……."

임소한의 말에 딱히 반박할 말이 없던 항정이 물끄러미 공손민을 바라보았다.

원독에 찬 눈빛, 그 눈빛 저 깊은 곳에 감춰진 무인으로서의 패배감과 호승심을 엿본 항정이 한숨을 내쉬며 말했다.

"아이야. 노부와 약속 하나 하겠느냐?"

"어서 죽여."

공손민이 앙칼지게 소리쳤다.

그녀의 반응과 상관없이 항정의 말이 이어졌다.

"오늘 대결에선 노부가 졌다. 하지만 노부는 서산마루에 걸린 황혼 같은 몸. 노부의 나이가 조금만 더 어렸더라도 승부는 달라졌을 게야."

공손민은 부인하지 못했다.

그토록 강력하게 맞부딪쳐 오던 항정이 어느 순간, 급격히 약해졌다는 것은 그녀 또한 알고 있기 때문이었다.

"어쨌든 그 또한 변명이라면 변명이겠지. 해서 말인데 노부에게 명예를 회복할 기회를 주면 안 되겠느냐?"

"……."

"노부에겐 제자가 있다. 아직 어리고 실력도 형편없지만 제법 가능성은 있지. 노부는 그 아이가 오늘의 패배를 설욕하기를 기대한다. 그리 오래 걸리지는 않을 것이야. 짧게는 삼 년, 길게는 오 년이면 네 앞에 나타날 터. 그때까지 봉검(封劍)을 했으면 좋겠구나."

봉검이란 말에 공손민의 몸이 가볍게 흔들렸다.

"네가 수호령주와 만나보고 싶다는 말을 들었다. 지금 실력이라면 십초지적도 되지 못할게다. 봉검을 하며 네 자신을 돌아보는 것도 나쁘지 않으리라 본다. 저 친구의 당부를 무시하고 네 목숨을 살리려는 노부의 체면도 지켜주면서. 어떠냐, 노부의 제안이?"

항정의 물음에 공손민은 아무런 대꾸도 하지 않았으나 흔들리는 눈빛이 상당히 갈등하고 있음을 짐작케 했다.

"노부의 제안을 받아들이는 것 또한 네 자유다. 받아들여 줬으면 좋겠지만 그렇지 않다고 해도 어쩔 수는 없겠지. 노부가 오늘의 결정에 쏟아질 비난을 감수할 수밖에."

항정은 공손민의 대답을 기다리지 않고 임소한의 팔을 잡아끌었다.

"이만 가세나."

"하지만 어르신."

임소한은 여전히 미련이 남는 듯했다.

"부탁이네. 오늘은 그저 대륙상회가 루외루와 연관되어 있다는 소득을 얻은 것으로 만족하세나."

항정의 간곡한 부탁에 잠시 갈등을 하던 임소한은 결국 검을 거두고 말았다.

"부디 오늘의 결정을 후회하지 않았으면 좋겠습니다."

"두고 보면 알겠지."

잠시 동안 물끄러미 공손민을 바라보던 항정이 아무런 망설임도 없이 몸을 돌렸다.

마지막까지 미련을 버리지 않던 임소한도 어쩔 수 없다는 듯 뒤를 따랐다.

홀로 남겨진 공손민은 아무런 말도, 움직임도 보여주지 않았다.

그저 부러진 검을 움켜쥔 채 깊은 생각에 잠길 뿐이었다.

＊　　　＊　　　＊

수호령주가 등장하여 무황의 죽음을 둘러싸고 벌어진 일
련의 상황을 정리한 후, 비교적 안정을 찾아가던 무황성에
또 한차례 폭풍이 들이쳤다.

대륙상회가 루외루의 연관이 있다는 정보는 그야말로 무
황성을 발칵 뒤집어놓았다.

있어서도 안 되는 일이었기에 정보에 대한 불신의 목소
리가 높았지만 그 정보를 직접 알아낸 사람이 다름 아닌 천
강십이좌라는 사실이 알려지자 다들 망연자실하고 말았다.

무황성과 각 문파의 수뇌들은 즉시 긴급 회의를 열고 이
른 아침부터 밤늦게까지 대륙상회의 처리에 대한 문제를
놓고 치열한 논쟁을 벌였다.

하나 갑론을박만 이어질 뿐 뚜렷한 대책은 마련되지 않
았다.

무황의 직무를 대행하고 있음에도 별다른 영향력이 없는
대장로 희천세를 대신해 사실상 회의를 주관하느라 녹초가
된 제갈명이 아수라장 같은 회의실을 박차고 나와 신의당
의 문을 연 것은 거의 자정이 되어서였다.

아직도 상세가 좋지 못한 문청공과 공손민에게 부상을

당하고 돌아온 항정이 병상에 나란히 누워 있었고 어느 정도 몸을 추스른 조단은 의자에 비스듬히 기대어 앉아 다른 이들과 담소를 나누고 있었다.

"오셨습니까?"

진유검이 제갈명을 보며 인사를 했다.

제갈명은 진유검의 웃는 얼굴을 보자마자 인상을 찌푸렸다.

"회의에 참석해 달라고 몇 번을 청했건만 너무하는군. 정말 이러긴가?"

"별 영양가도 없는 논쟁에 참여하고 싶은 생각은 없다고 분명히 말씀드렸습니다. 그런데 결론은 났습니까?"

제갈명이 힘없이 고개를 흔들었다.

"결론이 날 리가 있나? 쉽지 않은 문제일세."

"뭘 그리 어렵게 생각합니까? 대륙상회 놈들이 루외루의 하수인으로 판명되었으면 그냥 쓸어버리면 되는 것이지."

곽종과 술잔을 벌이며 육포를 뜯던 전풍이 답답하다는 듯 소리쳤다.

"그렇게 간단하다면 이렇듯 골머리를 싸매고 있지는 않겠지. 대륙상회는 그리 만만한 곳이 아니다."

"확실히 그렇지. 다른 곳도 아닌 대륙상회니까. 중원 상권의 삼 할 정도는 장악하고 있을 터인데, 맞나?"

진산우가 제갈명에게 술잔을 권하며 물었다.

"거의 사 할에 육박한다고 하는군요. 정말 골치입니다. 말이 사 할이지 그 영향력을 생각하면……."

생각만으로 끔찍한지 몸을 부르르 떤 제갈명은 진산우가 따라준 술을 단숨에 들이켰다.

"그게 그렇게 힘든 일입니까? 그래 봤자 고작 상인 나부랭이들인데요."

전풍이 아직도 이해가 가지 않는다는 듯 물었다.

"그 상인 나부랭이가 움직이는 돈과 물건을 생각해 봐. 그들이 헛기침만 해도 수십, 수백만의 백성이 고통을 받게 될 거야."

여우희의 말에 조단이 덧붙였다.

"무엇보다 관부에서 그런 혼란을 원하지 않을게다. 중원에서 첫손에 꼽히는 대륙상회이니만큼 관부에 뿌려진 돈 또한 상상을 초월할 지경이겠고."

"설마요. 무림과 관부는 서로의 영역을 존중하며 가급적 개입하지 않는 것이 원칙 아닙니까?"

곽종이 물었다.

"가급적이지 절대적인 것은 아니야. 대륙상회가 흔들리면 나라의 경제가 흔들리고 경제가 흔들리면 백성들이 동요한다. 아무리 서로의 세계를 존중한다고 해도 관부에선 결코 좌시할 수 없는 문제지."

조단의 설명에 좌중의 분위기가 무겁게 가라앉았다. 비로소 상황의 심각함을 느끼는 듯했다.

"하지만 대륙상회가 루외루의 주구임이 밝혀진 이상 분명 제재를 가해야 하지 않겠습니까?"

진유검이 물었다.

"물론 그래야겠지. 저들이 동원할 수 있는 금력, 정보력은 상상을 초월할 테니까. 그래서 고민인 거야. 방금 선배께서 말씀하셨다시피 자칫하면 관과 충돌하는 상황이 벌어질 수도 있기 때문에."

"백성들도 등을 돌릴 수도 있지요."

"맞아. 그게 가장 큰 고민거리지."

"그래도 해결책은 찾은 것 같군요."

"해결책이라기보다는 그냥 우리의 영역에서 우리가 할 수 있는 모든 방법을 동원하기로 결의를 하였네."

제갈명이 힘없이 말했다.

"어찌할 것인지 설명이나 해보게."

진산우가 말에 술잔을 내려놓은 제갈명이 빠르게 설명을 시작했다.

"간단합니다. 이에는 이라는 말이 있지요. 마음 같아서 아예 흔적도 없이 지워 버리고 싶지만 가급적 백성들이 피해를 당하지 않는 선에서 대륙상회를 흔들어 보기로 했습니다. 우선 중원의 모든 문파와 세가, 무관들은 물론이고 그들과 연계된 이들까지 대륙상회와 관계를 끊을 것입니다. 상거래는 물론이고 그들이 운용하는 상덤, 표국, 객점, 주루와의 거래도 중단될 것입니다."

"음, 대륙상회에서 운영하는 표국이나 객점 등이 제법 되는 것으로 알고 있는데 그 정도라면 확실히 타격이 있겠군."

"그들과의 거래를 끊는 대신 대륙상회의 대척점에 있는 남경상련, 무창상단에 힘을 실어줄 생각입니다."

무창상단이란 이름에 곽종의 눈동자가 반짝거렸다.

"남경상련도 남경상련이지만 이화검문과 줄이 있는 무창상단이 크게 성장을 하겠군요."

"이화검문이 수호령주에게 박살이 나며 둘 사이에 엮여 있던 끈은 사실상 셈이나 마찬가지지. 하지만 자네 말대로 무창상단이 성장하리라는 데에는 이견이 없네. 어쩌면 남경상련보다 더 클 수도 있어."

제갈명의 시선이 진유검에 향했다.

"바로 자네의 존재 때문에."

"예?"

"자네는 악연이라 생각하겠지만 누가 뭐라고 해도 의협진가와 무창상단은 사돈관계라네. 그건 변하지가 않아. 좋은 게 좋은 거라고 기왕이면 의협진가, 정확히 말해 자네와 관련이 있는 무창상단에 힘을 실어줄 것이란 말이지."

"뭐, 나쁠 것은 없지요."

진유검은 의외로 담담히 받아들였다.

과거야 어찌 되었든 그로 인해 무창상단이 큰 피해를 본 것은 사실이었으니 한 번쯤은 도움이 되는 것도 나쁘지는 않다는 생각이었다.

"어쨌든 대륙상회가 놈들의 주구임이 확인되었으니 자금의 흐름을 따라가다 보면 곧 루외루의 정체도 드러날 걸세."

"그랬으면 좋겠군요. 하면 산외산은 어찌합니까?"

"산외산?"

"루외루야 이미 상당 부분 확인이 되었습니다. 직접 충돌도 했고요. 개개인의 실력도 어느 정도는 가늠이 됩니다. 하지만 산외산은 아니지요. 현재 우리가 알고 있는 것은 그들이 세외사패를 굴복시킬 수 있을 정도로 막강한 전력을 지니고 있다는 것이 전부입니다. 세외사패가 아니라 산외산 자체의 규모가 어느 정도이며 또 어느 정도의 실력을 지니고 있는지 파악을 해야 합니다. 성주님을 암살한 자들의 실력을 감안했을 때 루외루 못지않은 실력을 지닌 것은 확실하지만요."

진유검의 말에 제갈명은 땅이 꺼져라 한숨을 내쉬었다.

"버겁군. 요즘처럼 능력에 한계를 느낀 적이 없네. 루외루에 이어 산외산까지. 게다가 세외사패의 움직임까지 살펴야 하니 인력이 턱없이 부족해. 개방은 물론이고 하오문을 비롯하여 정보를 다루는 몇몇 조직의 도움까지 받고 있지만 버겁기는 여전해."

제갈명의 고민을 해결해 줄 수 없기에 다들 별다른 말을 하지 못했다.

"대륙상회는 그렇다 치고 내일 떠나는가?"

"그래야지요. 이곳에서의 일이 실패한 것을 알았으니 곧 공격이 있을 것입니다."

"회의석상에서도 그런 말이 나왔네. 십만대산에 진을 치고 있는 야수궁이 가장 먼저 도발을 시작할 것이라고."

"같은 생각입니다."

"우선 남궁세가에 들러 그들과 힘을 합치게. 천마신교를 도와 야수궁을 상대하라는 전서를 보냈네."

"쉽게 받아들이겠습니까?"

일전의 일로 강남 무림에 심사가 뒤틀려 있던 진유검이

입꼬리를 말아 올리며 물었다.

"사대가문에서 무황을 배출할 수 없음이, 자네가 무황의 자리를 걷어찼다는 것은 이미 그들에게도 알려졌을 것이네. 그런 상황에서 누가 뭐라고 해도 가장 가능성이 있는 후보는 남궁세가의 가주 남궁결과 전진의 무엽 도장이지. 남궁세가는 물론이고 강남 무림은 남궁결을 무황으로 추대하기 위해 한마음으로 움직일 걸세. 그런 상황에서 수호령주의 도움을 거절한다? 있을 수 없는 일이지. 누군가를 무황의 자리에 올리기는 다소 힘들지 몰라도 낙마를 시키기엔 수호령주의 지위는 차고 넘치거든."

"흐흐흐! 맞습니다. 주군이 작심하고 깽판을 놓으면 무황은 고사하고 무황성의 문지기도 해먹기 힘들걸요."

전풍이 손뼉을 치며 낄낄댔다.

"과거와는 비교도 되지 않을 만큼 자네를 돕기 위해 애쓸 것이야."

"의도야 어쨌든 그렇게만 된다면 다행이지요."

"다만 당부하고 싶은 것은 야수궁과의 싸움이 끝나더라도 천마신교와는 우호적인 관계를 계속 이어가야 한다는 것이네."

"물론이지요. 성격이 독하고 조금은 모난 데가 있어서 그렇지 도움을 받고 외면할 녀석은 아닙니다."

"믿겠네. 그런데 자네들도 함께 가는가?"

제갈명이 곽종과 여우희에게 물었다.

"물론이지요."

곽종과 여우희가 마주보며 싱긋 웃었다.

그럴 줄 알았다는 듯 고개를 끄덕이던 제갈명의 시선이 누워 있는 문청공과 항정을 지나 임소한에게 향했다.

문청공과 항정, 조단의 눈치를 슬그머니 살핀 임소한이 에둘러 자신의 의견을 말했다.

"저 또한 천강십이좌입니다."

*　　　*　　　*

"흠."

독고무가 나직한 신음과 함께 조그만 글씨가 빼곡히 적힌 서찰을 내려놓았다.

처음 반갑게 서찰을 펼치던 것과는 달리 읽고 난 이후의 표정이 과히 좋지는 않았다.

"안 좋은 내용입니까?"

혈륜전마가 한쪽 눈을 가린 안대를 슬쩍 만지며 물었다.

뭔가 불안감을 느낄 때의 버릇이었다.

"글쎄. 좋다고 해야 하는 것인지 아니면 나쁘다고 해야 하는 것인지 판단하기 쉽지 않아."

독고무가 혈륜전마에게 서찰을 전했다.

공손히 서찰을 받은 혈륜전마가 빠르게 서찰의 내용을 읽어내려 갔다.

읽고 난 반응이 독고무와 다르지 않았다.

"본좌의 말을 이해하겠지?"

"예, 확실히 그렇군요. 의협진가의 누명이 벗겨진 것은 다행스런 일이지만 산외산과 루외루가 손을 잡았다는 것은 정말 최악의 소식입니다. 그리고 놈들의 공격이 다시 시작된다는 것 또한 좋지는 않군요."

"빌어먹을 놈. 아무리 그래도 그렇지 십만대산을 포기하라니."

짧게 욕설을 내뱉은 독고무가 물었다.

"태상원로는 녀석의 말을 어떻게 생각해? 녀석의 충고대로 물러나야 하는 걸까?"

"정확히 무엇이 옳은 것인지 판단이 잘 서지 않습니다."

독고무의 절대적인 신임을 얻고 있었지만 그가 십만대산에 얼마나 큰 애착을 지니고 있는 알고 있기에 혈륜전마는 함부로 의견을 내놓지 못했다.

"괜찮으니까 말해봐. 어쩌면 본교의 운명이 걸린 일일 수도 있는데 함부로 결정할 수는 없잖아. 여러 의견을 들어봐야지. 아, 일단 무슨 내용인지 알아야 할 테니까 다들 서찰을 돌려보도록 하고."

혈륜전마의 손에 들렸던 서찰이 악휘의 손으로, 그리고 회의에 모인 이들에게 돌려졌다.

그사이에 독고무의 채근을 받은 혈륜전마는 자신의 의견을 내놓을 수밖에 없었다.

"퇴각해야 한다고 봅니다."

순간, 혈륜전마는 독고무의 미간이 꿈틀대는 것을 놓치지 않았다.

"어째서?"

독고무가 착 가라앉은 음성으로 반문했다.

애써 부드럽게 말은 하고 있지만 화를 억눌렀다는 느낌이 강하게 들었다.

"전력상 야수궁의 상대가 되지 못하기 때문입니다."

기왕 입을 뗀 이상 확실히 말을 해야겠다는 생각 때문인지 혈륜전마의 음성에 힘이 들어가기 시작했다.

"그간 흑무를 통해 야수궁의 전력을 살피기 위해 최선을 다했습니다. 하지만 막대한 피해를 보았음에도 알아낸 것은 단편적인 것들뿐이고 실체에 접근하지는 못했지요. 그저 막연히 막강한 힘을 지니고 있으며 십만대산에 모인 전력이 야수궁의 모든 힘이 아니라는 것 정도만 파악을 했을 뿐입니다. 그에 반해 우리의 전력은 적들에게 상당히 노출되어 있습니다. 게다가 이곳에 모든 힘이 집결되어 있는 것도 아닙니다."

"우리가 생각한 것보다 약할 수도 있다."

"훨씬 강할 수도 있지요. 그리고 그럴 가능성이 더 높다는 것은 교주님께서도 아실 겁니다. 그 옛날, 야수궁은 본교와 일진일퇴의 승부를 거듭하던 곳이었습니다. 과거와 비교해 본다면 지금 본교의 전력은 비교하는 것 자체가 민망할 정도로 약해져 있는 상황이고요."

"......"

작심을 하고 정곡을 찔러오는 혈륜전마의 말에 독고무는 딱히 반박할 말을 찾지 못하고 애꿏은 술만 축냈다.

"다른 사람들은 어떻게 생각해?"

독고무가 서찰을 돌려볼 수뇌들을 향해 물었다.

자신의 의견에 힘을 실어줄 사람을 찾기 위함이었지만 우호적인 사람은 고독귀 정도가 전부였다.

"결국 물러나야 한다는 말이군."

"차마 입에 담기 힘들 정도로 수치스런 말씀이지만 본교의 힘만으로 십만대산을 수복할 가능성은 없습니다. 진 공자께서 곧 이곳으로 오신다고 하셨으니 잠시 물러나 기회를 기다리는 것이 옳다고 봅니다."

"그런데 정말 무황성 놈들이 도와주긴 하는 건가? 지난번처럼 시간만 끌면 우리 꼴만 우습게 되는 것이야."

악휘가 진유검, 정확히는 무황성의 도움을 받아야 한다는 것에 대한 불편함 심기를 드러냈다.

"일단은 진 공자님을 믿어보는 수밖에. 확실하지 않다면 이런 서찰을 보내진 않았을 테니까."

"야수궁이 무황성에서의 일이 실패한 것을 확인하고 움직인다면 시간이 별로 없겠군."

"그렇습니다. 어쩌면 이미 공격의 준비를 마치고 움직일 수도 있을 것입니다."

"막성초."

"예, 교주님."

"힘들다는 것은 알지만 상황이 급하게 되었다. 가용할 수 있는 최대한의 인원을 동원해 놈들의 움직임을 면밀히 살펴라."

"존명!"

"혈륜전마."

"예, 교주님."

"물러난다며 어디까지 물러나는 것이 좋을까? 설마하니

무이산까지 꽁무니를 뺄 생각은 아닐 테고."

"기왕 물러난다면 확실한 것이 좋다고 봅니다. 그리고 현재의 병력이 머무를 장소까지 생각을 한다면 오주(梧州)가 적당할 것 같습니다."

"오… 주?"

생각보다 먼 거리라 여긴 것인지 독고무는 그다지 탐탁하게 여기지 않는 모습이다.

"진 공자께서 최대한 빨리 남하를 한다고 해도 무황성과 남궁세가를 중심으로 하는 강남 무림에서 우리를 돕기 위해 준비를 하려면 그만한 시간이 필요합니다. 아무리 빨리 잡아도 보름은 걸려야 합니다. 그사이 놈들이 전력을 다해 우리를 잡고자 한다면 낭패가 아닐 수 없습니다만 오주라면 놈들도 전력을 다해 우리를 공격하기가 애매합니다. 자칫하여 우리에게 발목이라도 잡히며 십만대산은 물론이고 놈들의 근거지까지 위협받는 상황이 올 수도 있으니까요."

가만히 듣고 있던 독고무가 물었다.

"마뇌의 생각인가?"

"어, 어찌 아셨습니까?"

혈류전마가 민망한 표정으로 되물었다.

"이렇게까지 장황하게 설명을 하는 성격은 아니니까."

독고무의 말에 혈륜전마가 어색한 웃음을 흘리며 대답했다.

"그렇습니다. 상황이 여의치 않다면 반드시 오주까지 퇴각하여 전력을 재정비해야 한다고 당부를 하더군요."

"내게 얘기는 하지 않았어도 마뇌는 이미 퇴각을 생각하고 있었군. 하긴, 그때는 얘기해 봤자 씨알도 먹히지 않았을 테니까."

혈륜전마가 별다른 대꾸를 하지 않자 독고무는 쓴웃음을 지으며 술잔을 들었다.

"아, 그리고 대륙상회라고 했던가? 루외루가 부린다는 놈들이?"

"그렇습니다."

"마뇌에게 연락을 해서 모조리 쓸어버리라고 해. 이쪽도 준비하고."

"하지만 관부와의 관계를 생각해서 무황성에서도 최소한의 제재만을……."

"그거야 무황성의 사정이고. 우리가 언제 관부 놈들의 눈치를 살폈지?"

"알겠습니다. 그리 조치를 취하도록 하지요."

독고무의 눈에 살기가 돌자 혈륜전마는 더 이상 고집을 피울 수가 없었다.

"아무튼 그대들이 원하는 대로 하지. 오주까지 퇴각을 하도록 한다. 기왕 물러나는 이상 놈들이 눈치채지 못하도록 최대한 조심히 움직여라."

"존명!"

모인 이들 극도의 예를 표하며 허리를 꺾었다.

"다들 기억해 둬. 지금의 수모는 우리가 힘이 없기에 겪는 일이라는 것을."

답답함 때문인지 아니면 천마신교 단독으론 아무것도 할 수 없다는 무력감 때문인지 독고무는 안주도 없이 연거푸 독주를 들이켰다.

이를 지켜보는 천마신교 수뇌들의 마음 또한 편치는 않았지만 독고무의 다짐처럼 복수를 꿈꾸며 은밀히 철수를 시작했다.

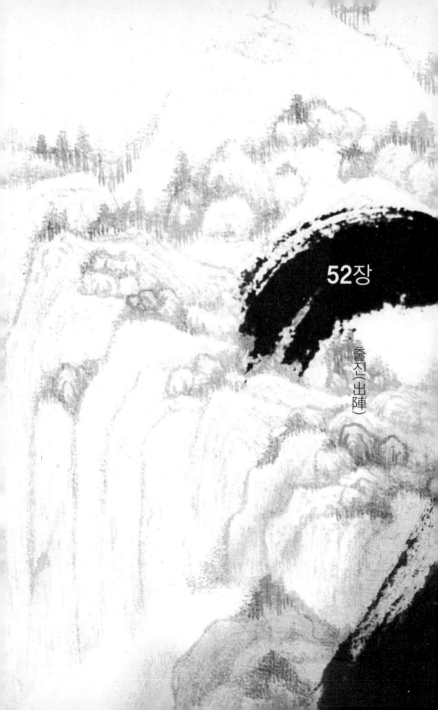

52장

출진(出陣)

"실패? 무황을 제거했다고 하지 않았느냐?"

천마신교의 성지 십만대산을 차지하고 눌러앉아 연일 주지육림(酒池肉林)에 빠져 있는 야수궁주 묵첩파가 애첩의 가슴을 주무르며 물었다.

해가 중천에 떴음에도 잠이 깨지 않은 듯 몹시 나른한 음성이었다.

"무황을 제거하는 데는 성공하였으나 목표는 무황이 아니라 무황성의 분열이었습니다. 하지만 수호령주라는 자가 모든 계획을 무너뜨렸다고 하는군요."

야수궁의 지낭으로 알려진 군사 일액(日額)의 말에 묵첩파가 코웃음을 쳤다.

"그러니까 애당초 잔꾀 따위를 쓰는 것이 아니었어. 그랬다면 강남은 이미 본궁의 손에 떨어졌을 텐데 말이다. 본궁주의 말이 틀리냐, 란목(卵木)?"

일액의 맞은편에 있던 사내가 더없이 공손한 태도로 대답했다.

"지당하신 말씀입니다."

"아무리 생각해도 삼패에서 우리의 독주를 방해하기 위해 수작질을 벌인 것은 아닌가 하는 생각이다."

"충분히 가능성이 있습니다. 루외루와 협상을 명한 분이 산주(山主)님이신 것은 분명하지만 틀림없이 삼패 쪽의 입김이 들어갔을 것입니다."

냉철한 일액과는 달리 간신의 전형으로 지금의 자리에 오른 란목은 묵첩파의 혀처럼 굴며 그가 원하는 대답만을 내놓았다.

"틀림없다. 대사형께선 다 좋은데 귀가 너무 얇은 것이 흠이지. 다른 놈들이 앓는 소리를 해대니 루외루와 협상을 명목으로 속도 조절을 한 것이 틀림없어. 망할 놈들! 내가 앞서 나가는 것이 그리도 싫었다더냐!"

묵첩파는 손에 걸리는 대로 주변의 집기를 모조리 집어

던지며 화를 냈다.

란목은 바닥에 납작 엎드렸고 이미 그와 같은 행동에 이골이 날 대로 난 일액은 미동도 없이 서서 묵첩파의 화가 사그라들기를 기다렸다.

"사부께서 폐관을 마치시면 내 오늘 일만큼은 단단히 따질 것이다."

묵첩파는 언제 화를 냈냐는 듯 평온한 신색을 회복했다.

"마음 약한 우리 산주, 대사형을 생각하면 참아야겠지만 이번만큼은 도저히 그럴 수가 없어. 그 실현 가능성 없는 계획 때문에 대체 얼마의 시간을 잡아먹은 거야?"

일액은 산외산과 루외루의 협상이야말로 무림을 제패하는 데 결정적인 한 수가 될 것이며, 무황을 제거하고 무황성의 분열을 유도하려던 계획 또한 수호령주라는 변수만 만나지 않았다면 그 이상 좋은 계획이 없었다는 것을 알지만 굳이 입 밖으로 내뱉지는 않았다.

"멈췄던 공격을 당장 시작할 것이다. 란목."

"예, 궁주님."

"목표는 강남의 맹주라 지껄여 대는 남궁세가다. 그리 알고 준비해라."

"명을 받들겠습니다."

잠시 고개를 쳐들었던 란목이 다시금 납작 엎드렸다.

"불가합니다, 궁주님."

일액이 착 가라앉은 음성으로 말했다.

그의 말이 끝나기가 무섭게 벌떡 일어난 란목이 도끼눈을 치켜뜨며 소리쳤다.

"군사께서 감히 궁주님의 명을 거역하겠다는 겁니까?"

"닥치고 있어."

묵첩파의 신임을 등에 업고 목청을 높이던 란목은 일액의 차가운 눈빛을 접하고 이내 꼬리를 말았다.

자신이 아무리 묵첩파의 신임을 받는다고 하더라도 일액만큼은 넘을 수 없다는 것을 알기 때문이다.

"어째서 안 된다는 거야? 이유가 뭔데?"

묵첩파가 불쾌한 표정을 감추지 않고 물었다.

"공격을 반대하는 것은 아닙니다. 다만 본격적으로 남궁세가를 치기 전에 입에 걸린 가시부터 빼버려야 한다고 말씀드리는 겁니다."

"입에 걸린 가시라면 아, 천마신교를 말하는 거냐?"

"그렇습니다."

"한 줌도 안 되는 놈들이 뭔 대수라고."

묵첩파가 가소롭다는 표정으로 코웃음을 쳤다.

"한 치도 안 되는 가시라도 목에 제대로 박히면 목숨이 위태로울 수 있습니다. 남궁세가를 치기 전에 어떤 식으로라도 정리를 해야 합니다."

"가시라. 흠, 일리가 있는 말이긴 하군. 맞아. 우리가 남궁세가를 치러 간 사이에 뒤쪽에서 문제를 일으키면 귀찮긴 하겠어."

귀찮은 정도가 아니라 상당히 심각한 상황을 맞이할 수도 있다는 것을 알면서도 묵첩파는 자존심 때문인지 애써 내색하지 않았다.

"하면 누구를 보내 정리를 하지?"

"찰합(札合)과 나휼(娜恤) 장로를 보내면 적당할 것 같습니다."

"찰합과 나휼을? 너무 과한 것 아닐까?"

묵첩파가 놀란 눈을 치켜떴다.

찰합과 나휼은 야수궁에서도 가장 큰 세력을 지닌 납호족의 수장들로 개인의 실력이 야수궁에서 다섯 손가락 안에 들 정도로 막강했다.

그들의 수족이라 봐도 무방할 납호족의 무인들만 물경 삼백에 이를 정도였다.

"그것으로도 부족합니다. 천마신교는 밟을 수 있을 때 확실히 밟아둬야 합니다. 만수당(萬獸堂)의 병력도 내어주시지요."

"마, 만수당까지?"

묵첩파가 기함을 하며 되물었다.

만수당은 남만의 일곱 부족이 모여 만들어진 야수궁에서 오직 묵첩파의 명만을 받는 직속부대 중 하나로, 막대한 자금을 투입하여 어릴 적부터 온갖 훈련과 함께 편의를 봐주며 키워냈기에 실력은 물론이고 주인인 묵첩파에 대한 충성심 또한 대단했다.

그만큼 묵첩파도 신임하고 아끼는 부대다.

일액은 화들짝 놀라는 묵첩파의 반응에는 아랑곳없이 할 말을 이어갔다.

"마음 같아선 만수당이 아니라 광수당(狂獸堂)이나 독수당(毒獸堂)을……."

"그만. 원하는 대로 해줄 테니까 그쯤 해둬."

일액이 만수당에 이어 나머지 직속부대까지 거론하자 묵첩파가 얼른 입을 막았다.

"란목."

"예, 궁주님."

"찰합과 나휼, 만수당주를 들라 해라."

"알겠습니다."

란목이 물러나자 묵첩파가 못마땅한 얼굴로 말했다.

"이제 속이 시원하냐? 네놈이 원하는 대로 다 해줬다."

"감사합니다, 궁주님."

"감사할 것 없다. 네 말대로 천마신교는 밟을 수 있을 때 밟아줘야 하니까."

"그리되었으면 좋겠습니다만 조금 걱정이 되는군요."

일액의 한숨에 묵첩파의 인상이 다시 찌푸려졌다.

"그건 또 무슨 소리냐?"

"수호령주와 천마신교가 교감을 나누고 있다는 것은 천하가 다 아는 사실이고 무황성에서 벌어진 일 또한 이미 알고 있을 것입니다. 이후, 본 궁의 행보는 쉽게 유추할 수가 있지요. 제가 천마신교에 있었다면 어떤 방법을 써서라도 도망을 쳤을 겁니다."

"우리의 공격을 예상한단 말이냐?"

"그렇습니다."

"말이 되지 않는다. 같잖게도 지금껏 코앞에 진을 치고 호시탐탐 우리를 노린 놈들이다. 무황의 암살 사건을 기회로 무황성 놈들과 손을 잡고 우리를 치려고 하겠지. 게다가 보고에 의하면 새롭게 교주가 된 놈의 성정이 꽤나 호전적이라고 했다. 밑에 놈들이 도망치자고 해도 그럴 놈이 아니야."

"그때는 우리뿐만 아니라 삼패 모두가 퇴각하여 움직임을 멈출 때였습니다. 하지만 지금은 다르지요. 아무리 호전적인 자라도 우리의 공격이 다시금 시작될 것이고 그 공격의 시발점이 천마신교가 되리라는 것을 모르지 않을 것입니다."

"네 말도 틀리지는 않지만 당장 공격을 받을지 모르는 상황에서도 전의를 불태우던 놈들이 사정이 조금 바뀌었다고 갑자기 도망칠 것 같지는 않다. 어쨌든 찰합과 나흘을 보내보면 알겠지. 때마침 오는군."

묵첩파가 문밖에서 들려오는 인기척에 고개를 돌렸다.

방으로 들어선 사람은 묵첩파의 예상과는 전혀 달랐다.

"록한(綠澣), 네가 이 시간에 어째서? 아니, 그보다 그 꼴은 또 뭐야?"

묵첩파는 큰 부상을 당하고 피투성이가 되어 돌아온 록한을 보며 오만상을 찌푸렸다.

록한이 대답을 하기도 전 일액이 다급히 물었다.

"천마신교는, 천마신교는 어찌 되었소, 족장?"

"도, 도망친 것 같습니다."

록한이 자신 없는 목소리로 대답하자 묵첩파가 불같이 노했다.

"도망친 것 같다니? 똑바로 대답해라. 도망친 것이냐, 아닌 것이냐?"

"화, 확인하지 못했습니다. 그것을 확인하려다 이 모양이……."

록한은 말을 잇지 못하고 고개를 떨궜다.

"이런 머저리 같은 놈!"

화를 이기지 못한 묵첩파가 무릎을 꿇고 있는 록한을 당장에라도 요절 낼 기세로 펄쩍 뛰었지만 일액은 록한의 말에 이상한 점이 있다는 것을 놓치지 않았다.

"수하들은 어쩌고 그대가 직접 움직인 것이오, 족장?"

힘없이 고개를 든 록한이 떨리는 음성으로 대답했다.

"새벽 무렵부터 천마신교의 움직임을 감시하던 아이들과 연락이 잘 되지 않았습니다. 뭔가 느낌이 좋지 않아 무슨 일인지 확인을 하기 위해 움직였는데……."

"설마, 모두 당했다는 말을 하려는 것이오?"

"면목 없습니다."

"맙소사!"

일액은 도저히 믿기지 않는다는 표정을 지으며 고개를 흔들었다.

묵첩파 또한 놀라기는 마찬가지였다.

흐리멍덩한 대답에 불같이 화를 내기는 했지만 록한이 이끄는 이들은 빠르기는 바람과 같고 은밀하기가 어둠을 능가한다는 암족(暗族)의 전사들.

말 그대로 누군가를 감시하고 추격하는 데 최적화된 암족의 전사들이 모조리 목숨을 잃었다는 것은 쉽게 납득될 일이 아니었다.

"몰래 침투해 오던 천마신교의 쥐새끼들을 압살하던 놈들이 어째서 그런 꼴이 되었단 말이냐? 도저히 이해할 수가 없구나. 이번에 교주가 된 그 애송이 놈이 나선 것도 아닐 텐……."

교주라는 말에 강렬하게 반응하는 록한을 보며 묵첩파의 얼굴이 딱딱하게 굳었다.

"설마하니 그 애송이 놈이 직접 나선 것이냐?"

묵첩파가 정색을 하며 물었다.

"그렇습니다. 이 부상도 그자에게 당한 것입니다. 저는 운이 좋아 빠져나왔지만 수행하던 나머지 아이들은 모조리 목숨을 잃었습니다."

아무리 호전적이고 물색 모르는 애송이라지만 명색이 천마신교의 교주라는 자가 간자들을 제거하기 위해 직접 움직였다는 말을 듣자 묵첩파는 너무도 어이가 없어 할 말을 잃었다.

록한이 묵첩파의 눈치를 보며 말을 이었다.

"천마신교 교주뿐만이 아니라 다른 수뇌들까지 대거 나선 것 같았습니다. 오히려 놈들 수하들의 움직임이 전혀 없었습니다."

"퇴각하는 것을 감추기 위해서 직접 나선 것일 거요. 아무리 그렇다고 해도 천마신교 교주가 직접 움직일 줄이야. 암족의 전사들과 족장이 속수무책으로 당한 것도 이해가 가는구려."

일액이 한숨을 내쉬며 말했다.

"이해는 무슨 이해!"

버럭 소리를 지른 묵첩파가 입술을 꽉 깨물며 물었다.

"아무튼 네 예상대로 되었구나. 놈들이 우리보다 한발 먼저 움직였어. 지금 추격하면 늦겠지?"

조그마한 가능성이라도 있으면 당장 추격을 명령할 기세였다.

"교주와 수뇌들이 직접 나서서 감시망을 무너뜨렸을 정도니 이미 완벽하게 도주를 했을 것입니다."

"쥐새끼 같은 놈들!"

묵첩파가 침상에서 벌떡 일어나자 이불로 몸을 가리고 있던 애첩이 재빨리 움직여 의복을 챙겼다.

"어차피 그 정도밖에 안 되는 놈들이었으니 신경 쓸 것 없다. 최대한 빨리 북진하여 남궁세가를 쓸어버리고 강남을 접수하면 그만이다."

"신중해야 합니다. 자칫 앞뒤에서 협공을 당하기라도 하면 곤란한 상황에 빠질 수 있습니다."

일액이 걱정스럽다는 듯 말했지만 묵첩파는 조금도 대수

롭지 않다는 듯 말했다.

"그것을 막는 일은 네 몫이고."

"……"

일액이 난처한 표정을 짓고 있을 때 명을 받고 물러났던 란목이 다시금 방 안에 모습을 보였다.

"명을 전했으니 곧……."

목청을 높이던 란목이 심상치 않은 분위기를 느낀 것인지 황급히 입을 다물고 눈치를 살폈다.

묵첩파가 란목의 어깨를 눌렀다.

"다시 가서 전해라."

위압감 넘치는 음성, 야수처럼 거친 기운이 방 안을 휘감았다.

"출진이다."

*　　　*　　　*

무황성의 일이 어느 정도 수습되자 진유검은 몇몇 일행을 데리고 곧바로 남하했다.

전풍, 천강십이좌 중 곽종과 여우희에 이어 임소한이 함께했고 무황성과의 원활한 연락을 위해 무이산에서부터 동행한 천목 요원 어조인이 따라붙었다.

무황성의 수뇌들, 특히 제갈명은 진유검이 백의종군을 자처한 사대세가의 정예들을 이끌고 야수궁을 상대해 주기를 바랐다.

스스로 백의종군을 자처하기는 했으나 사대가문의 위상을 감안했을 때 누가 나서더라도 부담스러울 수밖에 없는 상황, 사대가문의 영향을 전혀 받지 않은 진유검이 그들을 마음껏 부려주기를 원한 것이다.

하지만 진유검은 아직 제대로 준비가 되지 않은 그들과 함께 이동을 하기엔 시간이 너무 많이 소요가 되고, 천마신교와 공동전선을 펼치는 상황에서 그 막강한 전력을 한 곳에 투입하는 것은 전력의 낭비라 생각하여 거절했다.

제갈명은 최대한 준비를 서두른다면 그다지 오랜 시간이 지체되지 않을 것이고, 사대세가의 정예들을 한 곳에 투입하는 것이 전력의 낭비라면 그들을 투입하는 대신 남궁세가에 모여 있는 전력의 일부를 다른 곳으로 돌리는 방향으로 문제를 해결할 수 있다며 몇 번을 더 권고했다.

제갈명의 청을 완전히 무시할 수 없던 진유검이 잠시 고민을 하던 중 이를 눈치챈 사대가문의 거센 반발에 제갈명의 의도는 결국 무산되고 말았다.

어쨌든 많은 우여곡절 끝에 길을 서두른 진유검과 일행은 무황성을 떠난 지 며칠이 되지 않아 남궁세가와 강남 무인들의 환대를 받으며 남궁세가에 도착했다.

한 번 방문을 했을 때도 많은 환대를 받기는 했지만 그때와는 어딘지 모르게 분위기가 달랐다.

환대의 의미를 알고 있기에 진유검과 일행은 쓴웃음을 짓지 않을 수 없었다. 물론 그런 기색을 노골적으로 드러내지는 않았다.

남궁세가에 도착한 진유검은 곧바로 남궁결과 독대를 요청했다.

남궁결은 갑작스런 진유검의 요청에 잠시 당황하는 듯했으나 남궁세가 내원에 조용히 자리를 마련했다.

"먼 길 오시느라 고생하셨소. 걱정 많이 했는데 일이 잘 해결되어 참으로 다행이오."

남궁결의 인사에 진유검이 부드럽게 웃으며 포권했다.

"예, 많은 분이 걱정해 주신 덕분에 잘 처리하였습니다."

"적들의 음모라 예상은 했지만 설마하니 세외사패와 루외루가 손을 잡았을 줄은 상상도 하지 못했소이다."

"정확히 말하자면 세외사패가 아니라 산외산이라 할 수 있지요."

"그동안 막연히 짐작하고만 있던 산외산의 정체가 밝혀지며 다들 얼마나 놀랐는지 모르오. 더불어 그들이 지닌 힘이 어떠할지 가늠조차 되지 않아 두렵기만 하구려."

두렵다고 말을 하고는 있어도 남궁결의 얼굴엔 어딘지 모르게 자신감이 넘쳐흘렀다.

"맞습니다. 천마신교가 루외루에게 참담하게 휘둘렸고 세외사패가 산외산의 주구라는 것만 보아도 그들의 힘을 능히 짐작할 수 있을 것입니다."

"무황성에서 다른 분도 아닌 무황께서 변을 당하신 것만 봐도 저들의 무서움을 새삼 느낄 수 있었소. 솔직히 걱정이외다. 무황께선 그야말로 중원 무림의 상징이자 구심점과 같은 분인데 이런 중요한 순간에……."

"해서 뵙자고 한 것입니다."

"무슨 뜻이오?"

남궁결이 목소리를 착 가라앉히며 되물었다.

"사대가문이 이번 사건을 이용해 하려던 짓을 알고 계실 겁니다."

"자세히 알지는 못하지만 소문을 통해 어느 정도는 알고 있소."

진유검은 남궁결의 대답에 묘한 표정을 지었다.

남궁세가는 강남 무림의 거두, 무황성에 나와 있는 남궁세가의 대표는 무황성 장로의 지위를 지니고 있고 무황성의 장로라면 무황성에서 벌어지는 일들에 대해서 모를 리없을 터. 남궁결이 소문 운운하는 것은 분명 말이 안 되는 것이었다.

진유검의 표정을 본 남궁결은 아차 싶었다.

순간적으로 튀어나온 대답이긴 했지만 그가 생각해도 한심한 대답이었다.

"실언을 했구려. 소문도 소문이지만 본가의 장로께서 연락을 주셔서 어느 정도는 파악을 하고 있소. 다만 장로께서 알고 계신 정보가 완벽할 것이라곤 생각하지 않소."

남궁결이 솔직히 실수를 인정하자 진유검이 부드럽게 웃으며 말했다.

"이면에 감춰진 사실은 없습니다. 그럴 이유도 없고요. 남궁세가의 장로께서 보내신 정보가 전부라고 아시면 될 겁니다. 아무튼 이렇게 뵙자고 한 것은……."

진유검이 말끝을 흐리자 남궁결이 약간은 긴장된 표정으로 다음 말을 기다렸다.

"차기 무황에 대해 논의하기 위함입니다."

"음."

진유검이 독대를 청했을 때부터 어느 정도 짐작은 했지만 막상 차기 무황이란 말이 흘러나오자 남궁결은 자신도 모르게 침음을 내뱉고 말았다.

무황성의 성주이자 사실상 정도 무림의 수장이라 할 수 있는 무황. 그 이름만으로도 가슴이 떨렸다.

"알고 계시겠지만 사대가문에선 한동안 무황을 배출할
수 없습니다."

"령주께서 그리 만들었다고 들었소만."

"그들이 자초한 것입니다. 탐욕이 화를 부른 것이지요."

탐욕이란 말에 남궁결의 몸이 움찔했다.

"우선 묻겠습니다. 과거 가주께서도 무황 후보자들의 암
살에 대해 관여를 한 것으로 압니다. 맞습니까?"

처음부터 정곡을 찔러 오는 질문에 잠시 주저하던 남궁
결이 무거운 표정으로 고개를 끄덕였다.

"뭐라 할 말이 없소."

순순히 잘못을 인정하는 남궁결을 보며 진유검의 눈동자
가 반짝거렸다.

최소한의 변명이라도 할 줄 알았는데 깨끗하게 인정하는
것이 다소 의외였다.

"해명을 하신다면 충분히 들어볼……."

"그것이 사실이거늘 무슨 해명이 필요하겠소."

그 어떤 변명도 없이 자신의 잘못을 인정하는 남궁결의
모습에 진유검은 그의 말이 의도된 것인지 아니면 진정으
로 그리 생각하는 것인지 날카롭게 살피기 시작했다.

"조사 과정에서 과거 벌어진 여러 암살 사건에 남궁세가
가 연루된 것으로 파악이 되었습니다만 가주가 아닌 세가

의 어른들이 개입했다는 보고가 있었습니다. 그리고 면밀한 확인을 거쳐 그 정보가 사실임이 확인이 되었고요."

남궁결이 씁쓸한 표정을 지으며 고개를 저었다.

"부끄러운 말이지만 완전히 몰랐다고는 하지 못하겠소. 어르신들의 움직임이 심상치 않다는 보고를 몇 차례 듣기도 했으니까. 그럼에도 움직이지 않았다는 것은, 별다른 제지를 하지 않았다는 건 내 마음속에도 방금 전 령주께서 말한 탐욕이라는 것이 깃들었기 때문이란 생각이 드오. 설사 몰랐다고 해도 내가 가주인 상황에서 벌어진 일이오. 그 어떤 이유로도 용납될 수 없는 일이오."

진유검은 남궁결의 솔직한 얘기를 들으며 그가 꽤나 진실되다는 느낌을 가지게 되었다.

솔직함을 가장하여 거짓말을 하고 있을 가능성 또한 완전히 배제할 수는 없었지만 최소한 그 정도는 가려낼 눈은 가지고 있다고 자부했다.

남궁결의 진실된 태도는 진유검에게 어떤 확신을 주었다.

"사대가문이 물러난 지금 차기 무황으로 유력하게 거론되는 사람은 가주님과 전진의 무엽 도장입니다. 몇 분 더 언급이 되는 것 같기는 하지만 사실상 두 분 중 한 명이 차기 무황이 될 것은 자명합니다."

남궁결이 허탈한 웃음을 지으며 고개를 저었다.

"난 이미 자격을 잃었소. 그리고 세간의 평가로는……."

남궁결의 표정을 본 진유검이 가볍게 미소 지었다.

"애당초 원했으면 지금 이 자리에 있을 수 없겠지요. 호사가들이 어찌 생각할지는 모르겠으나 전 무황의 자리에 관심이 없음을 확실하게 공표했습니다. 무황성에 모인 각 문파의 대표들이 증인이기도 하지요."

진유검은 다시 한 번 확실하게 못을 박았다.

"가주께서도 잘 아시시라 믿습니다만."

"그건……."

남궁결이 말끝을 흐리자 진유검이 정색을 하며 말했다.

"사공세가와 무황성의 수뇌들은 제가 무황의 자리에 오르기를 원했습니다. 군사께서 그러시더군요. 가주께서도 동의하셨고 적극적인 지지를 약속했다고."

"맞소."

남궁결은 부인하지 않았다.

"하지만 저는 그 모든 제의를 거부했습니다. 그런 제가 이곳에서 가주님과 독대를 하고 있습니다. 이유를 모르지는 않으시리라 믿습니다."

"……."

"스스로 말씀하시기 민망해하시는 것 같으니 제가 대신

말씀드리지요. 단도직입적으로 말씀드려 저는 가주께서 무황의 자리에 오르기를 바랍니다."

"령… 주."

남궁결의 목소리가 절로 떨렸다.

"전진의 무엽 도장이 부족해서 그런 것은 아닙니다. 훌륭한 인품에 화산파와 무당파의 지지를 받고 있으니 자격은 충분하다고 봅니다."

"그런데 어째서……."

남궁결의 얼굴에 의혹이 일었다.

"작금은 난세입니다. 난세를 헤쳐 나가기 위해선 그만큼 강력한 지도자가 필요한 법이지요. 최소한 전대 무황과 비견될 수 있는 무공을 지닌 인물이 무황이 되어야 한다고 봅니다. 안타깝게도 무엽 도장은 그 기준에 부합하지 못했습니다. 하지만 가주님은 다르지 않습니까?"

의미심장하게 빛나는 진유검의 눈빛에 남궁결은 한숨을 내쉬었다.

"애당초 령주의 이목을 속일 수 있다고는 전혀 생각하지 않았소."

"한 가지 이유가 더 있다면 제 친구에게 도움을 줄 수 있는 분이기 때문입니다."

"친구라면 천마신교를 말하는 것이오?"

"맞습니다. 하나 천마신교의 교주가 단순히 제 친구이기 때문은 아닙니다. 손을 맞잡은 산외산과 루외루와 싸우기엔 무황성의 힘만으론 분명 역부족입니다. 중원 무림이 하나로 뭉쳐야 합니다. 특히 천마신교의 도움이 절대적이지요."

"동감이오. 이미 제갈 군사로부터 협력을 해달라는 전서를 받았고 령주가 본가에 도착하기 전에 모두의 의견을 수렴했소. 적극적으로 나서기로 결론을 내린 상황이오."

"고마운 말씀입니다. 그렇게 잘 알고 계시니 제가 더 이상 이유를 댈 필요는 없겠군요."

진유검이 밝은 얼굴로 고개를 끄덕였다.

강남 무림의 수뇌들이 어째서 그런 결론을 내린 것인지 미루어 짐작할 수 있었다.

산외산과 루외루의 연합이 큰 영향을 끼쳤겠지만 단지 그 이유만은 아닐 것이다.

"천마신교를 도와 야수궁을 상대하는 것과 내가 무황의 자리에 오르는 것은 별개의 문제요. 여러 후보가 있는 상황에서 내가 원한다고 되는 것도 아니고."

남궁결은 진유검의 제안에 여전히 부정적이었다.

"증명을 하면 되지 않겠습니까?"

"무슨 증명을 말이오?"

"야수궁을 상대하며 가주께서 무황의 자리에 가장 어울리는 분임을 만천하에 입증하라는 말입니다."

"하지만 난 이미 결격 사유가……."

"그렇게 따지자면 무황의 자리에 오를 사람은 아무도 없습니다."

진유검의 음성이 살짝 격해졌다.

"무당파와 화산파 또한 여러 암살 사건과 무관하지 않다는 것을 감안했을 때 가주님의 논리라면 무엽 도장 역시 자격이 없습니다. 두 분을 제외한 몇몇 후보 또한 마찬가지지요. 설마 이런 비상시국에 별다른 능력이나 자질도 없는 자를 무황의 자리에 앉히자는 말입니까?"

"그, 그건 아니오."

남궁결이 당황하여 고개를 흔들었다.

"그러니 증명하라는 겁니다. 천마신교와 손을 잡고 야수궁을 완벽하게 몰아낸다면 그 누구도 가주의 능력에 대해 의구심을 보이지 않을 것입니다. 가주께서 걱정하시는 그 정도의 도덕적 결함은 지금과 같은 난세에선 이미 논외라 말씀드렸습니다. 어떻습니까, 해보시겠습니까?"

진유검의 거듭되는 권유에도 남궁결은 쉽게 대답을 하지 못하고 한참이나 고민에 빠졌다.

자신의 제안이 얼마나 무겁고 중차대한 것인지 알기에

진유검은 별다른 재촉하지 않고 묵묵히 대답을 기다렸다.

제법 시간이 흐른 후, 남궁결이 약간은 상기된 표정으로 입을 열었다.

"천마신교와 손을 잡고 야수궁을 물리치는 것은 이미 많은 논의를 거쳐 결정 난 사안이오. 이번 싸움으로 내가 무황에 오를 수 있는 자격을 시험해도 되는 것인지는 잘 모르겠지만 어쨌든 최선을 다할 생각이오. 그리고 기회가 된다면, 해도 된다면 이 한 몸 중원 무림을 위해 던져 보도록 하겠소. 령주께서 많이 도와주시오."

남궁결의 결의에 찬 표정을 보고 그가 결심을 굳혔음을 확인한 진유검이 만족한 듯 웃었다.

"이곳에 도착하기 전, 대막의 낭인천의 움직임이 심상치 않다는 전갈을 받았습니다. 무엽 도장도 이번 기회를 놓치려 하지 않을 겁니다. 하니 가주께서도 최선을 다하셔야 할 것입니다."

"물론이오. 무황의 자리가 욕심나서가 아니라 중원 무림을 위해서라도 결코 질 수 없는 싸움이오."

주먹을 불끈 쥔 남궁결은 무황의 자리에 연연하지 않겠다는 의연한 태도를 보였다.

그런 남궁결의 태도는 어찌 보면 당연한 것이었다.

사대가문을 일거에 침묵시킨, 현 무황성에서 가장 막강

한 영향력을 행사하는 수호령주 진유검의 지지를 받는 순간부터 무황의 자리는 사실상 결정된 것이나 마찬가지기 때문이었다.

*   *   *

회의실의 분위기는 상당히 어두웠다.

무황성에서의 계획이 절반의 성공에 그쳤지만 무황의 제거에 성공했다는 것만 생각하면 틀림없는 큰 성과였다.

그럼에도 이처럼 분위기가 가라앉은 것은 대륙상회가 루외루의 실체 중 하나라는 것이 수호령주의 조사를 통해 만천하에 드러났기 때문이었다.

전혀 예상치 못한 상황이기에 루외루가 할 수 있는 것은 그저 침묵을 지키는 것뿐이었다.

"대륙상회의 피해가 극심하다고 들었네. 어느 정도나 심각한 것인가?"

루외루의 원로이자 대외적으론 대륙상회의 수장으로 알려진 공손창의 심란함은 극에 달했다.

공손규가 묻기 전부터 오만상을 찌푸리고 있던 공손창이 잔뜩 화가 난 음성으로 대답했다.

"심각합니다. 무림과 연계된 거의 모든 거래가 끊어졌다고 보면 될 겁니다. 표국은 물론이고 본 상회가 운영하는 주루, 객점, 전장, 상점의 매출이 급격하게 떨어지고 있습니다. 아직까지는 버틸 만하지만 작금의 상황이 일반인들에게까지 영향을 미치면 손실을 감당할 수 없습니다."

"관부의 상황은 어떻습니까?"

공손후가 물었다.

"겉으로 드러난 문제점은 없으나 물밑에선 치열한 싸움이 벌어지고 있다네. 관부, 특히 군문(軍門)의 높은 지위에 있으면서 막강한 영향력을 행사하는 무림의 수많은 속가제자가 노골적으로 본 회를 배척하고 있고 이 기회에 제 놈들의 입지를 넓히려는 남경상련과 무창상단 놈들은 힘깨나 쓴다는 고관대작(高官大爵)들을 회유하기 위해 엄청난 자금을 쏟아붓고 있는 상황일세."

"교 아우가 고생이 심하겠군요."

공손후가 실무에서 한발 물러나 있는 공손창득 대신해 사실상 대륙상회를 움직이고 있는 공손교(公孫蛟)를 거론했다.

현재 그는 황도(皇都)인 북경에서 무림의 배척과 남경상련, 무창상단의 파상공세에서 대륙상회를 지켜내기 위해 칼 없는 전쟁을 치르고 있었다.

"잠도 제대로 자지 못한 채 동분서주하며 뛰고 있다는 전갈을 받았네."

공손창이 퉁명스레 대꾸했다.

공손후가 가볍게 고개를 끄덕이며 말했다.

"너무 나쁘게만 보지 마십시오. 교 우에겐 한편으론 기회가 될 수도 있을 것입니다."

"기회라니 무슨 뜻인가?"

공손창이 눈꼬리를 살짝 치켜 올리며 물었다.

"당숙도 알고 계시겠지만 아우가 당숙을 대신해 대륙상회의 실권을 쥔 것에 대한 불만의 목소리가 있습니다."

순간, 공손창의 낯빛이 딱딱히 굳었다.

그 역시 루외루 내부에서 그런 불만이 있다는 것을 익히 알고 있었다.

다만 지금껏 공식적으로 논의된 적이 없고 루주 또한 별다른 말이 없었기에 공손교가 자신을 대신해 대륙상회의 회주가 되는 것이 사실상 인정된 것이라 여겼다.

그런데 지금 공손후의 말을 듣고 보니 공손창은 자신이 엄청난 착각을 하고 있음을 깨달았다.

공손후는 공손교가 이번 위기에 제대로 대처하지 못하면 언제든지 갈아치울 수 있다고 경고를 하고 있는 것이다.

"자, 잘할 것이네. 지금까지도 잘해왔고."

"믿습니다. 아우의 능력은 누구보다 제가 잘 알고 있으니까요. 그러나 사안이 너무 중대하다 보니 걱정이 조금 되는 군요. 당숙께서 많이 도와주서야 할 것입니다."

"무, 물론이네. 걱정하지 마시게."

언제 화난 표정을 지었냐는 듯 공손창이 식은땀을 흘리며 대답했다.

공손창이 쩔쩔매는 모습을 보며 약간은 안쓰럽다는 표정을 짓던 공손규가 슬며시 끼어들었다.

"그래도 대륙상회 홀로 이번 위기를 견디기엔 버거울 것 같군. 다른 곳은 몰라도 특히 절강과 복건성 쪽은 지원을 해야 하지 않겠는가?"

관부의 눈치를 보느라 함부로 물리적인 힘을 쓰지 못하는 무황성과는 달리 루외루의 계략에 철저하게 농락을 당한 천마신교는 대륙상회가 루외루의 자금줄이라는 것을 확인하자마자 거침없이 공격을 퍼부었다.

대륙상회의 각 지부는 물론이고 그들이 운영하는 각종 사업체를 노골적으로 공격하며 막대한 재물을 약탈했다.

그 과정에서 상당한 인명 피해가 발생했으나 복수심을 앞세운 천마신교의 기세가 어찌나 살벌한지 이를 제지할 관부는 애써 고개를 돌리고 있었다.

무황성이나 인근의 뭇 문파가 천마신교의 활약(?)에 내심 환호하며 은연중 관부에 압력을 행사한 것도 관부가 침묵하는 데 큰 영향을 끼쳤다.

"아무래도 그래야겠지요. 관부의 힘이 제대로 미치지 못하는 것은 물론이거니와 그들의 힘을 빌렸다는 것 자체가 어떻게 보면 본 루의 수치나 마찬가지니까요. 환종."

공손후가 환종을 불렀다.

"예, 루주님."

"대륙상회를 공격하고 있는 복천회, 아니, 천마신교의 잔당들은 얼마나 되느냐?"

"피해 규모에 비해 숫자는 얼마 되지 않습니다. 천마신교 대부분의 병력은 무이산과 십만대산에 몰려 있습니다."

"무이산과 십만대산이라……."

조용히 중얼거린 공손후가 회의장 한편에서 침묵을 지키고 있는 중년 사내에게 시선을 주었다.

"몽월단주."

"예, 루주님."

"무이산에 다녀와야겠네."

구체적인 설명은 없었지만 이미 교감이 있었는지 몽월단주는 별다른 질문을 하지 않았다.

"알겠습니다."

간단히 대답한 몽월단주는 그를 주시하는 루외루의 수뇌들에게 가볍게 예를 차린 후, 곧바로 회의장을 빠져나갔다.

그의 기척이 완전히 사라지자 원로 조유유가 섭선을 살랑이며 혀를 찼다.

"쯧쯧, 천마신교도 꼴이 참 우습게 되겠군. 십만대산에 이어 무이산까지 박살이 날 테니 말이야."

"루주님의 마음은 충분히 이해하지만 다소 과한 느낌입니다. 고작 천마신교의 잔당을 치는 데 몽월단이라니요."

유운곤이 꼬장꼬장한 어투로 말했다.

"기왕 본보기를 보이려면 제대로 보이는 것이 맞네. 게다가 많은 전력이 빠졌다지만 그래도 천마신교 아닌가. 어설프게 상대하다간 쓸데없는 피해를 당할 수도 있음이니."

공손규의 말에 공손후를 힐끗 바라본 유운곤은 평소와는 다르게 얌전히 입을 다물었다.

공손후가 최근 아들을 잃고 큰 슬픔에 빠져 있는 몽월단주에게 분노를 풀 기회를 준 것임을 눈치채고 있었고 제대로 본보기를 보여야 한다는 공손규의 말에도 일리가 있기 때문이었다.

그런 유운곤의 내심을 짐작한 것인지 공손후가 곧바로 입을 열었다.

"몽월단을 움직인 이유가 단순히 천마신교를 치기 위함만은 아닙니다."

"다른 이유라도 있는 것입니까?"

유운곤이 다시 물었다.

"조금 전, 남궁세가가, 수호령주가 움직였다는 정보가 도착했습니다."

수호령주라는 말에 회의장이 무거운 긴장감으로 휩싸였다.

"그리고 계획대로 유아도 움직였습니다."

공손유가 언급되자 그렇잖아도 무겁던 분위가 더욱 차갑게 가라앉았다.

공손후와 공손유의 의지가 워낙 강해 어쩔 수 없이 동의를 하였으나 남궁결을 제거하기 위해 그녀가 직접 움직인 것에 대한 걱정은 여전히 사그라들지 않았다.

조유유가 여유롭게 흔들던 섭선을 꽉 움켜잡고 말했다.

"수호령주입니다. 아무리 생각해도 너무 무모한 계획입니다, 루주. 지금이라도 재고를 하심이 어떻습니까?"

"루주님과 두 분 원로께서 유아의 실력을 인정하셨으니 믿겠습니다만 다른 사람도 아니고 수호령주입니다. 남궁결은 가능할지 모르나 그 과정에서 수호령주와 맞붙는 불상사가 생긴다면······."

원로 이명은 차마 생각하기도 싫다는 듯 입을 다물고 고개를 여러 차례 흔들었다.

"너무 걱정하지 말게. 갈천상 원로가 함께 갔으니 최악의 경우는 막을 수 있을 것이네."

공손무의 말에도 이명은 불안감을 감추지 못했다.

"자신할 수 있는가? 갈 원로의 실력을 모르는 바 아니네. 삼십 년 전, 불패무적(不敗無敵) 경천검혼의 등장만으로도 무림은 발칵 뒤집히겠지. 루주님이나 자네의 말대로 유아가 우리 모두를 능가하는 실력을 지녔다는 것도 믿겠네. 그런 두 사람의 합공이라면 하늘이라도 능히 무너뜨릴 수 있다고 확신하네. 그럼에도 불구하고 걱정이 되는군. 다시 묻겠네. 자넨 그런 두 사람의 합공이 수호령주를 잡을 수 있다고 보는가?"

"그, 그건……."

공손무가 순간 머뭇거리자 공손규가 어이없다는 듯 헛웃음을 터뜨렸다.

"허허허! 하늘도 무너뜨릴 수 있다고 믿는다면서 고작 한 인간을 당해내지 못한다고 걱정하는 것인가?"

"말도 안 된다는 것을 알지만 상대가 워낙 괴물 같은 놈이기에 이러는 것입니다."

이명이 쓴웃음을 지으며 한숨을 내쉬었다.

"걱정하시는 것도 당연합니다. 원로님 말씀대로 괴물처럼 강한 상대니까요. 솔직히 저 또한 믿으면서도 걱정이 됩니다. 해서 몽월단주를 보낸 것입니다."

공손후의 설명에 다들 고개를 갸웃거렸다.

"합공을 하려는 것입니까? 하지만 유아가 싸우게 될 전장과 무이산은 거리가 너무 멉니다. 몽월단이 천마신교 총단을 공략하고 아무리 빠르게 움직인다고 해도 합공을 할 시간적 여유가 없어 보입니다만."

장로 황인효가 얼굴을 가로지르는 흉터를 손톱으로 긁적이며 말했다.

"남궁결과 수호령주를 떼어놓을 생각입니다."

짧은 설명에 다들 이해를 하지 못하는 눈치였으나 공손무는 공손후의 의도를 곧바로 눈치챘다.

"음, 그런 것이로군. 나쁘지 않은 생각 같네."

조유유가 얼른 물었다.

"나쁘지 않은 생각이라고? 하면 몽월단을 움직인 이유를 알아차린 것인가?"

천천히 고개를 끄덕인 공손무가 차분히 입을 열었다.

"무이산은, 천마신교의 근거지는 초토화가 될 것이네."

"아무렴. 몽월단이 움직였으니 당연한 것이지."

인원수에 비해 그야말로 압도적인 무력을 보여주는 것이 몽월단.

그 누구도 조유유의 말에 이의를 달지 않았다.

"무이산을 초토화시킨 몽월단의 다음 목표는 십만대산서
야수궁과 대치하고 있는 천마신교가 될 것이네. 야수궁과
몽월단의 위협에 노출된 천마신교는 그야말로 절체절명의
위기에 빠지는 것이지."

"천마신교를 견제하고 있는 이들은 야수궁 전력의 일부
라고 하지 않았나? 그저 천마신교가 배후를 공격하지 못
하도록 견제만 하는. 아무리 몽월단이 강력하다고 해도
숫자가 너무 적어. 천마신교 주력을 감당할 수 없을 것이
네."

"과거의 천마신교가 아닐세. 일부라고 해도 야수궁의 전
력은 만만치 않네. 거기게 몽월단이 합공을 하면 천마신교
는 절대 감당하지 못하네. 그도 부족하다면 지원군을 더 보
낼 수도 있는 것이고."

공손후가 기다렸다는 듯 말을 받았다.

"금검단에게도 명을 내려놓았습니다."

공손무는 공손후의 꼼꼼한 안배에 감탄하며 말을 이었
다.

"그렇군. 어쨌든 몽월단만으로도 지금의 천마신교에겐
꽤나 큰 위협이 되지. 무이산의 총단을 초토화시키며 그것
을 증명할 것이고 수호령주는 그런 천마신교의……."

"위기를 절대로 그냥 못 지나친다는 말이로군."

조유유의 음성이 절로 높아졌다.

"그렇네. 천마신교가 위기에 빠진 것을 알면 수호령주는 뒤도 안 돌아보고 달려갈 것이네. 지금 당장은 전력이 많이 약화된 상태지만 천마신교는 저력이 있지. 안정적으로 시간만 주어지면 폭발적으로 성장할 힘이 있는 곳이야. 본 루와 산외산을 염두에 두었을 때 단순히 친구라는 관계를 넘어 수호령주는, 아니, 무황성은 절대로 천마신교를 포기할 수 없다는 말이지. 내 추측이 틀렸는가?"

공손무의 물음에 공손후 가벼운 미소로 대답을 대신했다.

"만약 수호령주가 움직이지 않는다면 어찌 되는가?"

조유유가 접었던 섭선을 활짝 펴며 물었다.

"루주가 몽월단에 이어 금검단까지 이동을 시켰다면 결론은 하나, 천마신교의 역사는 끝나게 될 것이네."

차갑기 그지 없는 공손무의 대답에 자신도 모르게 침을 꿀꺽 삼킨 조유유가 떨리는 음성으로 다시 물었다.

"수호령주가 천마신교를 돕기 위해 움직인다면?"

대답은 공손무가 아니라 공손후의 입에서 흘러나왔다.

"짧은 시간에 그 먼거리를 이동해야 하는 것이니 몽월단이나 금검단 모두 꽤나 힘들었을 것입니다. 그만하면 훌륭한 훈련이 되었겠지요."

"허허허! 훈련… 이군요."

조유유가 허탈한 웃음을 토해냈다.

회의장에 모인 다른 이들의 표정 또한 다르지 않았다.

53장

개전(開戰)

무이산 일월루.

이틀 전, 마도제일뇌 사도은이 야수궁과의 본격적인 싸움을 앞둔 독고무를 돕기 위해 떠난 뒤, 첫 번째 열리는 정례회의에 참석차 무이산을 지키고 있는 천마신교의 수뇌들이 한자리에 모였다.

가장 지위가 높은 장로 묵수신마가 회의를 주관하고 흑무의 이인자 막연이 군사의 역할을 맡았다.

나이는 많지 않지만 흑무의 수장 막심초의 동생이자 사도은을 사부로 두고 있는 막연은 천마신교 내에서 상당한 영향력을 인정받는 인물이었다.

"모두 도착한 것 같습니다."

막연의 말에 상석에 앉은 묵수신마가 고개를 끄덕였다.

"그럼 시작하지."

"예."

공손히 대답한 막연이 조그만 글자가 빼곡히 들어찬 서찰을 집더니 빠르게 읽어내려 갔다.

주된 내용은 루외루의 세력으로 알려진 대륙상회와 대륙상회와 연관이 있는 각종 사업체를 어떻게 공략했으며 어떤 성과를 올렸는지에 관한 것들이었다.

대륙상회의 위상을 보여주듯 막연이 보고를 마칠 때까지는 상당히 오랜 시간이 걸렸다.

"황금 십만 냥이라니! 상상할 수도 없는 액수로군."

묵수신마가 가늠이 되지 않는 거금에 입을 쩍 벌렸다.

"이거야 원. 대륙상회가 어째서 중원 최고의 거상인지를 보여주는군."

"일부분에 불과한 지역에서 그만한 액수인데 다른 곳까지 합친다면 가히 일국을 살 수 있는 자금을 얻을 수도 있을 것 같습니다."

"인원을 보충해서라도 지금보다 더 적극적으로 공격을 해야 합니다."

곳곳에서 감탄 어린 말과 의견이 쏟아져 나왔다.

손을 들어 그들을 잠시 진정시킨 묵수신마가 막연을 보며 물었다.

"대륙상회 놈들이 가만히 두고 보지는 않았을 텐데 우리 쪽 피해는 없었느냐?"

"예, 상당한 마찰이 있었지만 생각보다 별다른 피해는 없었습니다. 세간의 눈을 의식해서인지 루외루에서 움직이지 않은 것 같습니다."

"그렇다면 우리도 가급적 살생은 자제하는 것이 좋겠다. 대륙상회에 일한다고 모두 루외루에 속한 자들은 아닐 테니 말이다. 물론 얻어낼 것은 철저히 얻어내고."

"사부께서 떠나시기 전 각 지부에 같은 명령을 내리신 것으로 압니다."

"그랬느냐? 역시 마뇌께선 빈틈이 없으시구나."

쓸데없이 나섰다는 민망함 때문인지 약간은 어색한 웃음을 흘린 묵수신마가 정색을 하며 말했다.

"무림은 본격적인 난세로 접어들었다. 루외루도 언제까지 뒷짐만 지고 있지는 않을 것. 특히 놈들의 자금줄인 대륙상회가 우리에게 털리는 것을 지켜만 보지는 않을 것이다. 혹여 이상한 움직임은 없는지 철저하게 살펴야 한다. 자칫 방심을 하다간 놈들의 반격에 크게 당할 수 있어."

"명심하겠습니다."

일단 대답을 하긴 했지만 막연은 답답한 마음을 감출 수 없었다.

복천회의 정보조직과 흑무가 합쳐졌지만 인원은 절대적으로 부족했다.

방대했던 흑무의 정보력은 역도들이 천마신교를 장악하고 있는 사이 형편없이 약해졌고 그나마도 지난 싸움에서 많은 요원이 희생을 당하는 바람에 더욱 빈약해졌다.

정보력의 공백을 우려한 사도은의 배려로 많은 인원을 충원했다고는 하나 뛰어난 요원들이 하루아침에 만들어지는 것도 아닌데다가 야수궁과의 일전을 앞둔 상황이라 거의 모든 전력이 그쪽 전장에 투입된 상태였다.

나머지 인원으로 방대한 지역을 살피기엔 당연히 무리가 따랐다.

막연의 표정을 살핀 묵수신마가 위로하듯 말했다.

"힘들다는 것은 알지만 힘을 내거라. 무황성에서도 정보를 주기로 했으니 너무 부담 갖지는……."

말끝을 흐린 묵수신마의 눈동자가 날카롭게 빛났다.

"무슨 일이……."

막연이 의혹 어린 눈길로 입을 열 때 묵수신마가 벌떡 일어났다.

"침입자다."

"예?"

막연이 깜짝 놀라 되물었다.

그가 질문을 하기도 전 이미 일월루 문을 박차는 이들이 있었다.

묵수신마보다는 늦게 눈치챘지만 침입자가 있음을 감지한 자들이었다.

일월루에 있던 사람들이 밖으로 나왔을 때 저 멀리서 비명이 들려오기 시작했다.

놀라운 것은 그 비명이 급격히 가까워지고 있다는 것.

잠시 후, 침입자들의 존재가 드러났다.

눈처럼 하얀 무복에 적색 장삼을 걸치고 검은색 머리띠를 묶었는데 머리띠 측면엔 무복처럼 하얀 초승달이 그려져 있었다.

인원은 대략 오십 명 남짓에 불과했으나 개개인이 뿜어내는 기도가 실로 엄청났다.

특히 후미에서 느긋하게 걸어오는 자들의 존재감이 상당했다.

묵수신마는 그중 한 명을 노려보며 식은땀을 흘리고 말았다.

'어, 엄청난 고수다. 어디서 저런 고수가?'

묵직한 걸음걸이로 다가오는 적은 온몸으로 자신의 존재감을 드러내고 있었다.

묵수신마는 문득 독고무를 떠올렸다.

독고무는 지금 다가오는 적처럼 평소에도 압도적인 존재감을 내뿜는다.

문제는 독고무만큼이나 지금 다가오는 적의 존재감도 대단하다는 것.

자신의 느낌이 맞다면 지금 맞붙게 될 적은 지금껏 경험해보지 못한 고수일 것이다.

"장로님!"

막연이 묵수신마를 불렀다.

상념에서 깨어난 묵수신마가 전장으로 달려 나가려는 막연을 붙잡았다.

"수하들을 데리고 지금 당장 이곳을 빠져나가라."

"예? 무슨 말씀이십니까?"

막연이 황당한 얼굴로 되물었다.

"어차피 너와 네가 데리고 있는 아이들은 싸움에 도움이 되지 않아. 본교의 미래를 생각해서라도 이런 곳에서 헛되이 목숨을 잃어선 안 된다."

"침입자의 수는 얼마 되지 않습니다. 힘을 합쳐……."

묵수신마가 그의 말을 잘랐다.

"못 이긴다. 단순히 숫자로 이길 수 있는 적들이 아니다. 특히 교주님이 아니라면 감당하지 못할 정도의 고수까지 끼어 있다."

"맙소사!"

막연이 머리를 부여잡았다.

"루… 외루일까요?"

"아마도. 당금 무림에서 이런 식으로 우리를 공격할 세력은 놈들뿐이겠지. 그리고 저 압도적인 무력까지."

무이산을 지키기 위해 남은 진마대(進魔隊)가 적들의 손에 말 그대로 짚단 썰리듯 하는 것을 본 묵수신마가 이를 뿌득 갈았다.

일월루에서 뛰쳐나간 이들이 진마대와 합세하였으나 적들의 기세는 전혀 꺾이지 않았다.

오히려 후미에서 머물며 싸움에 개입하지 않던 이들이 하나둘 전면에 나서자 전황은 최악으로 치달았다.

"서둘러라. 자칫하면 도망칠 여유마저도 없을지 모른다."

묵수신마가 명을 내렸지만 막연은 움직이지 않았다.

"어서! 이건 명령이다!"

묵수신마가 불같이 화를 내며 호통을 쳤다.

그럼에도 막연은 석상처럼 우뚝 선 채 움직이지 못했다.

화를 내서 해결될 일이 아니라고 판단한 묵수신마가 한숨을 내쉬었다.

"최소한 교주님께 이곳에서 무슨 일이 벌어졌는지는 알려야 하지 않겠느냐? 우리 모두가 이곳에서 전멸하면 앞선 떠난 마뇌께선 물론이고 본진까지 위험에 빠질 수 있다. 그것을 막는 것이 네가 할 일이다."

묵수신마는 막연의 대답을 기다리지 않고 그의 어깨를 스치며 아비규환으로 변한 전장으로 달려갔다.

묵수신마가 떠난 후에도 좀처럼 움직이지 못하던 막연은 어느새 자신의 곁으로 달려온 흑무의 요원들을 보며 피가 나도록 입술을 깨물었다.

천마신교에서 가장 무위가 떨어지는 이들이 흑무의 요원들이다.

물론 특수한 임무를 맡는 요원들의 무위는 결코 무시할 수 없는 수준이지만 무이산엔 그런 요원도 없었다.

묵수신마의 말대로 싸움에 참여해 봤자 별다른 도움도 되지 못할 것이고 헛되이 목숨만 잃을 것이다.

"어찌합니까?"

누군가 물었다.

명예를 지키며 개죽음을 당할 것이냐, 천마신교의 미래를 위해서 비겁해질 것이냐?

선택의 기로에선 막연은 오랫동안 고민하지 않았다.

묵수신마의 당부가 아니더라도 흑무의 요원들의 얼굴을 본 순간 이미 결정을 내린 터였다.

"이곳을 빠져나간다."

머뭇거리는 수하들을 뒤로하고 막연이 먼저 움직였다.

"죽어랏!"

양팔에 필생의 공력을 담은 묵수신마가 몽월단주를 향해 손을 뻗었다.

묵수신마라는 이름답게 공력이 담긴 그의 팔은 까맣게 변한 상태였다.

몽월단주는 무심한 얼굴로 검을 움직였다.

그다지 화려하지도 중후하지도 않은, 어디서나 흔히 볼 수 있는 그저 그런 움직임이었다.

하지만 단순하기 짝이 없는 검법에 묵수신마는 이미 온 몸이 피투성이가 되어 목숨을 건 최후의 절초를 펼쳐야 하는 상황까지 몰렸다.

"호! 제법이군요."

이미 모든 싸움을 끝내고 검을 거둔 공손엽이 탄성을 터뜨렸다.

"꼴이 저래도 명색이 천마신교의 장로라는 자다. 특히 저자의 묵수는 꽤나 무섭다고 알려졌지. 단주님이시니까 저 정도의 여유를 보이는 것이지 우리가 붙었다면 상당히 고전을 했을 것이다."

몽월단 부단주 유섬(柳閃)이 핀잔을 했지만 공손엽은 그다지 동의하지 않는 얼굴이었다.

"설마 고전까지 할라고요."

주변 곳곳에서 공손엽의 말에 동의를 표했다.

"어련하려고. 시끄럽고 싸움이나 잘 지켜봐. 단주님의 실전을 눈앞에서 보는 것도 쉬운 기회는 아니니까."

아닌 게 아니라 싸움을 지켜보는 대다수의 눈빛은 어떤 열망에 휩싸여 있었다.

절대적 강함에 대한 갈망과 동경.

몽월단 내에서 몽월단주와 십 초를 겨룰 수 있는 사람은 손에 꼽을 정도였고 그들마저도 몽월단주의 진실된 실력은 전혀 파악하지 못하고 있었다.

꽝! 꽝!

강력한 충돌음과 함께 묵수신마의 최후의 일격과 몽월단주의 검이 격렬하게 맞부딪쳤다.

스치는 것만으로도 천근거석을 가루로 만들 정도로 패도적인 힘을 뿜어내는 묵수에 비해 느리기만 한 몽월단주의 검은 금방이라도 꺾일 듯 위태로웠지만 몽월단주의 표정은 한 치의 동요도 없었다.

그 이유를 증명이라도 하듯 어느 순간, 그의 검에서 폭발적인 힘이 흘러나오며 묵수에서 뿜어져 나온 패도적인 기운을 간단하게 부숴 버렸다.

최후의 구명절초가 무위로 돌아갔음에도 묵수신마는 포기하지 않았다.

선천진기까지 모조리 끌어 쓴 지금 어차피 뒤는 없었다.

묵수에서 흘러나온 강맹한 장력이 다시 한 번 몽월단주의 양측 옆구리를 노리며 짓쳐 갔으나 채 접근하기도 전에 거대한 장막에 부딪치기라도 한듯 튕겨져 나갔다.

'빌어먹을!'

묵수신마의 얼굴이 참담하게 일그러졌다.

처음, 몽월단주를 보자마자 그의 실력이 얼마나 무서울지 짐작했다. 그럼에도 막상 부딪쳤을 땐 자신이 그를 과소평가하고 있다는 것을 뼈저리게 느껴야 했다.

상대가 아무리 강하다고 해도 최소한 어느 정도 생채기는 만들 수 있다고 생각했으나 결과는 참담했다.

생채기는 고사하고 제대로 된 공격도 펼쳐보지 못했다.

수비를 하기에도 급급한 상황에서 그나마 최후의 절초까지 사용해 공격을 할 수 있었던 것은 굴욕과도 같은 상대의 배려 덕이었다. 물론 그마저도 처참하게 실패를 하고 말았지만.

묵수신마의 뇌리에 죽음이란 단어가 스쳐 지나갔다.

전장에 나설 때부터 각오를 했기에 두렵거나 미련이 남지는 않았으나 어딘지 모르게 진한 아쉬움이 밀려들었다.

"컥!"

외마디 비명과 함께 묵수신마의 입에서 검붉은 핏덩이가 쏟아져 나왔다.

잘게 잘린 내장조각들이 핏덩이와 뒤엉켜 바닥에서 꿈틀댔다.

묵수신마는 숨통을 끊어 달라는 눈빛으로 몽월단주를 바라보았다.

무심한 눈길로 그를 바라보던 몽월단주는 묵수신마의 부탁을 들어주었다.

순간적으로 보이는 하얀 선.

자신의 목이 잘린 것도 모르는 듯 평온한 표정을 짓고 있는 묵수신마의 머리가 허공으로 치솟자 몽월단주는 미련 없이 몸을 돌렸다.

"고생하셨습니다."

유섬이 허리를 꺾으며 정중히 예를 표했다.

"상황은?"

"마무리가 되었습니다. 몇 놈 빠져나가기는 했지만 굳이 잡을 필요를 느끼지 못해서 놔두었습니다."

"잘했다. 어차피 이곳의 상황을 알려야 하는 놈들도 필요
했으니까."

가볍게 고개를 끄덕인 몽월단주가 유섬의 뒤에 시립해
있는 단원들을 빠르게 살폈다.

처음보다 인원이 몇 줄었고 부상을 입은 자들도 보였다.

"사망이 셋, 중상자가 다섯입니다."

유섬이 재빨리 보고했다.

"몇 명 남겨 중상을 입은 대원들을 살피도록 해. 시신도
수습하고."

"알겠습니다."

유섬의 눈짓에 중상까지는 아니더라도 다소 부상을 당한
세 명의 수하가 뒤로 빠졌다.

"이동한다. 목적지는 십만대산이다."

묵직한 음성으로 명을 내린 몽월단주가 천천히 걸음을
내딛었다.

유섬이 뒤를 따르고 곧이어 나머지 대원들도 그 뒤를 따
라 이동했다.

몽월단의 공격이 시작된 지 정확히 반 시진.

천마신교의 무이산 총단은 그렇게 사라졌다.

남녕에서 오주로 퇴각한 뒤 북상하는 야수궁의 배후를 치기 위해 조금씩 이동하던 천마신교 본진은 새벽녘에 날아든 비보에 난리가 났다.

침상을 박차고 일어난 독고무는 즉시 회의를 소집했다.

의복도 제대로 갖추지 못하고 졸린 눈을 비비며 달려온 수뇌들 중 대다수는 무슨 영문인지도 모르고 있었다.

"방금 이곳으로 오는 중에 말도 안 되는 헛소리를 들었다. 설마 사실은 아니겠지?"

고독귀가 막심초를 향해 잡아먹을 듯 노려보며 물었다.

막심초가 우물쭈물 대답하지 못할 때 혈륜전마가 재차 노호성을 터뜨리려는 고독귀를 말렸다.

"소란피우지 말고 앉게나."

금방이라도 폭발할 듯한 기세를 뿜어대던 고독귀는 혈륜전마의 침통한 표정을 보며 애써 화를 삭였다.

회의에 참석해야 할 인원이 모두 모이자 미간을 잡고 고개를 숙이고 있던 독고무가 막심초를 향해 시선을 주었다.

천천히 자리에서 일어난 막심초가 더없이 안타까운 음성으로 입을 열었다.

"방금 전, 무이산 총단에서 연락이 도착했습니다. 내용인
즉……."

차마 말을 잇지 못하던 막심초가 겨우 호흡을 가다듬으
며 떨리는 음성으로 말을 이었다.

"나흘 전, 무이산 총단이 기습 공격을 당했습니다. 적들
의 정체는 정확히 파악되지 않았지만 루외루일 가능성이
가장 높습니다. 피해는……."

독고무가 말을 잘랐다.

"보고를 올린 막연과 수하 셋을 제외하고는 모두 죽었
다."

쾅!

엄청난 충격이 회의장을 강타했다.

천마신교 전력의 대부분이 이동을 한 상태였지만 무이산
에도 꽤나 많은 인원이 남아 있었다.

야수궁과 일전을 벌이기 위해 이동한 전력에 비할 바는
아니나 그들의 힘만으로도 어지간한 문파는 능히 감당할
수 있을 정도.

한데 사실상 전멸을 당했다니 누구 하나 쉽게 믿지 못했
다.

"이백이 훨씬 넘는 인원입니다. 그 많은 인원이 모조리
당했다는 말씀입니까?"

고독귀가 덜덜 떨리는 음성으로 물었다.

"모두 당했다. 생존자들도 처음부터 싸움을 피하고 필사적으로 탈출한 덕분이라고 한다. 그 과정도 쉽지 않아 대부분 목숨을 잃었고."

독고무는 애써 감정을 억누르며 대꾸했지만 그의 전신에서 피어오르는 살기는 회의장을 집어삼키고 있었다.

"마뇌는 어찌 되었느냐? 총단을 떠나 이곳으로 오고 있는 것으로 아는데 설마 그 친구도 당한 것이냐?"

악휘가 막심초를 향해 물었다.

"참사가 벌어지기 이틀 전에 총단을 떠나신 것으로 확인되었습니다. 생존자들은 총단의 상황을 우선적으로 마뇌 어르신께 전했다고 합니다. 그런 이유 때문인지 총단의 비보와 거의 동시에 무사하시단 연락이 도착했습니다."

"참화를 피했다니 그나마 다행이긴 한데 이틀 전에 떠났다고 하면 위험할 가능성이 있는 것 아니더냐?"

악휘가 걱정스런 얼굴로 다시 물었다.

"놈들이 추격할 수 있다는 것을 알고 계시니 너무 걱정하지 않으셔도 될 것입니다."

"알고 있다면 되었다. 알면서 쉽게 당할 인물이 절대 아니니."

악휘는 비로소 안도의 한숨을 내쉬었다.

그런 악휘를 보면서 막심초는 적들의 공격에서 겨우 목숨을 건진 상황에서 적의 공격을 알리기 위해 동생과 흑무의 요원들이 얼마나 필사적으로 노력했을지 생각하자 절로 가슴이 아려왔다.

"문제는 총단을 초토화시킨 놈들의 행방이다. 연락을 해온 막연도 놈들의 행방에 대해선 전혀 알지 못했어. 마뇌에게선 별다른 말이 없더냐?"

혈류전마가 굳은 얼굴로 물었다.

"몸을 피하시는 것이 우선인지라 적의 행방을 쫓지는 못하신 것 같습니다만 두 가지 가능성을 언급하셨습니다."

"두 가지 가능성?"

"예, 마뇌께선 놈들이 야수궁과 협력하여 본진을 노릴 수도 있고 별다른 움직임 없이 조용히 사라질 가능성도 있다고 하셨습니다."

막심초의 말이 끝나자 마도제일뇌라 불리는 사도은만큼은 아니더라도 천마신교 내에서도 그 누구보다 냉철하고 뛰어난 식견을 지녔다고 알려진 장로 독수옹(毒手翁)이 단정 짓듯 말했다.

"전자일 가능성이 높겠군."

"후자일 가능성도 있지 않을까? 대륙상회에 대한 보복 차원이라면."

혈륭전마가 후자이길 바란다는 표정으로 말했지만 독수옹은 고개를 저었다.

"단순히 보복 차원으로 설명하기엔 시기가 묘합니다. 그리고 저들의 정체가 이미 만천하에 드러난 상황에서 더 이상 모습을 감추고 있는 것도 이상하지요. 분명 야수궁과 손을 잡고 우리를 공격하려 할 것입니다."

독수옹의 확신에 찬 음성에 혈륭전마도 더 이상 토를 달지 못했다.

"다만 한 가지 마음에 걸리는 것이 있습니다. 그것도 두 가지나."

"마음에 걸리는 것이라니?"

"우선 인원이 너무 적습니다. 보고에 의하면 총단을 공격한 적들의 수가 오십 남짓으로 보인다고 했습니다."

"맞네. 하지만 숫자가 중요한 것은 아니지. 고작 그 인원에 총단에 남은 이들이 모조리 당했으니까."

혈륭전마가 자신도 모르게 이를 부득 갈았다.

"그래도 그 정도 숫자로 우리의 본진을 도모한다는 것은 무리라고 봅니다. 설사 야수궁과 함께 협공을 한다고는 해도 말이지요. 어쩌면 우리가 모르는 병력이 은밀히 움직이고 있을지도 모릅니다. 반드시 확인을 해야 할 것입니다."

"흠, 충분히 가능성이 있는 말이군. 다른 하나는 뭐지?"

독고무가 물었다.

"만약 놈들의 의도가 야수궁과 합공하여 우리를 치려고 하는 것이라면 어째서 무이산을 먼저 공격해서 자신들의 정체를 노출시켰느냐는 것입니다. 인원도 적은데다가 그토록 막강한 실력을 지녔다면 아무런 흔적도 없이 우리의 배후로 접근할 수도 있었을 텐데요."

"일리가 있습니다. 놈들이 우리의 이목이 야수궁에 쏠려 있는 사이 기습을 했다면 상당한 피해를 입었을 것입니다."

수라노괴가 독수옹의 의견에 힘을 보탰다.

"말하고자 하는 요지가 뭐야?"

독고무가 인상을 쓰며 물었다.

"아무래도 다른 노림수가 있다는 느낌이 듭니다."

"노림수라. 노림수라면 어떤 노림수를 말하는 거지?"

독수옹은 쉽게 입을 열지 못하고 뜸을 들였지만 독고무는 채근하지 않고 대답을 기다렸다.

잠시 후, 생각을 정리한 독수옹이 한결 차분해진 표정으로 입을 열었다.

"현재 이곳에 펼쳐진 전선은 두 곳입니다. 하나는 남궁세가가 이끄는 병력과 야수궁의 본진이 충돌하는 곳이고."

독수옹이 탁자에 펼쳐진 지도에서 계림 인근을 가리켰다.

"다른 하나는 본교와 역시 야수궁의 병력이 대치하고 있는 바로 이곳입니다. 그런데 바로 우리 쪽 전선에 루외루라는 변수가 생겼습니다. 정확한 의도를 파악할 수 없는 변수입니다."

"그래서?"

"두 전선의 중요성을 따져보았을 때 본교로선 굴욕적인 일이나 야수궁, 나아가 야수궁 뒤에 있는 산외산이나 그들과 손을 잡은 루외루에겐 남궁세가와의 전선이 훨씬 중요하다고 할 수 있습니다."

"아무래도 그렇겠지."

독수옹이 계림 인근을 가리키자 독고무도 바로 동의했다.

야수궁의 본진과 남궁세가를 중심으로 뭉친 강남 무림의 싸움은 동원되는 양측의 병력도 병력이지만 지리적 중요성 때문에 장차 무림의 운명을 가늠할 중대한 싸움이라 해도 과언은 아니었다.

"반드시 승리를 거둬야 하는 저들의 입장에서 배후를 노리는 본교는 상당히 귀찮은 존재라 할 수 있습니다."

회의장에 이들 모두가 약속이나 한듯 고개를 끄덕였다.

"하지만 이번 싸움엔 저들에겐 본교보다 더 귀찮은 존재가 있습니다. 귀찮다기보다는 싸움에서 이기기 위해서 반드시 넘어야 할 산이라는 것이 정확한 표현이겠군요."

"진 공자님을 말하는 건가?"

혈륜전마가 물었다.

"그렇습니다. 굳이 설명을 하지 않아도 어째서 그런지는 모두 아시시라 믿습니다."

당연했다.

회의장에 모인 이들뿐만 아니라 무림에 적을 두고 있는 사람이라면 진유검이 무림에 발을 내딛은 이후의 충격적인 행보를 모르는 사람은 아무도 없을 테니까.

"진 공자님을 넘을 수 있는 방법은 간단히 말해 두 가지가 있습니다. 하나는 실력으로 꺾는 것이고 다른 하나는 아예 싸움을 피하는 것이지요."

"실력으로 꺾는 것은 애당초 불가능한 것이고. 아, 또 모르겠군. 놈들의 수뇌들이 모조리 달려든다면."

독고무가 단정적으로 말했다.

"예, 이 늙은이의 생각 또한 마찬가지입니다. 놈들도 그 것을 알고 있을 것입니다. 피할 수 없다면 모를까 피할 가능성이 있다면 어떤 수를 써서라도 진 공자님과의 싸움은 피하려 들 것입니다. 그리고 바로 그런 이유로 본교의 총단이 공격당한 것이라 봅니다."

"어렵군. 쉽게 설명을 해보게."

고독귀가 고개를 갸웃거리며 말했다.

"무이산의 총단이 루외루의 공격을 받아 초토화가 되었네. 그리고 그 병력이 야수궁과 힘을 합쳐 우리 본진을 치기 위해 움직일 것이 거의 확실시되는 상황이지. 진 공자님께서 이 사실을 알게 된다면 어찌 행동하리라 보는가?"

"우리를 구하기 위해 온다는 것인가?"

"우리라기보다는 교주님이시겠지."

독수옹이 독고무의 눈치를 슬쩍 살피며 말했다.

"쉽게 이해가 되지 않는군. 진 공자님을 유인하기 위함이라면 무이산을 치는 것이 아니라 곧바로 야수궁과 합공을하는 것이 낫지 않았을까? 그랬다면 본교가 지금보다 훨씬위태로운 상황이 되었을 테니까."

수라노괴는 물론이고 회의실에 모인 대다수의 사람이 같은 생각인 듯 보였다.

"피해를 당한 뒤에 아는 것과 당하기 전에 알게 되는 것엔 큰 차이가 있다네. 본교가 큰 피해를 당한 이후엔 진 공자님께서 움직이지 않을 수도 있네. 본교마저 당한 상황에서 남궁세가와 강남 무림마저 패한다면 하면 정말 큰일 나기 때문이지. 물론 교주님께서 위태로운 상황에 몰리신다면 어찌 행동할지 모르겠지만 일단은 야수궁 본진과의 싸움에 집중할 확률이 높네. 그렇다고 가정을 한다면 결국 놈

들이 이렇게 드러내놓고 행동하는 것은 본교를 위협하고자
함이 아니라 사실은 진 공자님에게 던진 미끼 같은 것이라
볼 수 있네. 야수궁과 루외루가 천마신교를 공격할 것이니
아직 무사할 때 그쪽 전선에서 이탈하여 본교를 찾아오라
는 미끼."

"과연 그럴 수도 있겠군."

비로소 이해를 한 수라노괴가 자존심이 잔뜩 상한 얼굴
로 물러났다.

회의장의 분위기도 차갑게 가라앉았다.

고작 진유검 한 사람에게 미끼를 던지고자 그 많은 총단
의 인원이 희생을 당했다고 생각하니 절로 화가 치밀었다.

"만약 녀석이 오지 않는다면 어찌 되는 것이지? 본좌가
놈들의 계략을 녀석에 알려서 이탈을 막는다면 말이다."

독고무가 분노가 극에 이르러 오히려 더욱 냉철해진 눈
빛으로 물었다.

"제대로 공격을 당하겠지요. 미끼로서의 가치가 없다면
아예 지워 버리는 것이 저들에게 훨씬 유리할 테니까요. 추
측컨대 루외루가 동원하는 병력의 숫자도 당연히 증가를
할 것이라 봅니다."

"만약 녀석이 온다면 큰 위험은 없을 것이고."

"예, 위쪽 전선의 싸움이 끝날 때까지는 그냥 적당히 견

제하는 선에서 마무리될 가능성이 높습니다. 중요한 전장에서 떨어진 진 공자님과 굳이 싸워야 할 이유가 없을 테니까요. 물론 홀로 떨어진 진 공자님을 제거하기 위해 총력적을 펼칠 가능성도 배제할 수는 없을 것입니다."

그 말을 끝으로 독수옹은 자신이 할 말은 다 끝났다는 듯 앞에 놓인 찻잔을 들었다.

"본교가 어쩌다가 이꼴이 된거지? 훗, 너무 잘난 친구를 두는 것도 골치 아픈 노릇이군."

독고무의 입가에 씁쓸한 웃음이 지어졌다.

독고무가 입을 닫자 모두의 입도 함께 닫혔다.

진유검의 남하를 막을 것인지 아니면 그냥 둘 것인가!

독고무의 선택에 친마신교의 운명이 걸렸다.

*　　*　　*

야수궁이 십만대산을 떠나 북상을 시작했다.

누구라도 예상할 수 있듯 그들의 목표는 강남 무림의 맹주 남궁세가.

남궁세가와 남궁세가를 돕기 위해 모인 강남 무림 연합군 역시 야수궁의 움직임에 대응하기 위해 남하를 시작했다.

지형의 유리함을 차지하기 위해서라도 야수궁을 안방까지 끌어들여야 한다는 의견도 있었지만 결국 그들이 선택한 전장은 계림에서 영주로 통하는 묘인산(猫人山) 인근의 협곡이었다.

남궁세가를 출발하여 이틀 만에 협곡에 도착한 남궁세가와 강남 무림 연합군은 주변 지형을 이용하여 매복할 곳은 매복을 하고 함정 팔 곳은 함정을 파며 야수궁을 맞이할 준비를 했다.

나흘이 지나고 모든 준비가 끝났을 때, 야수궁의 본대가 계림을 지나고 있다는 소식이 전해졌다.

계림에서 묘인산까지는 하루 거리.

서두른다면 반나절이면 도착할 수 있는 짧은 거리였다.

중천에 뜬 해가 아직 기운을 잃지 않고 있음에도 결전을 코앞에 둔 시점, 마지막으로 전력을 점검하고 전의를 다지기 위해 남궁결은 회의를 겸한 조촐한 술자리를 마련했다.

자리에 모인 강남 무림의 수뇌들은 모든 계획이 제대로 들어맞고 있다면서 필승을 자신했다.

"그런데 생각보다 적의 숫자가 많지 않소이다."

모두 함께한 첫잔을 제외하곤 술은 입에도 대지 않던 중검문주 염고한이 술 대신 하수오와 대추를 넣고 진하게 달인 물을 마시며 말했다.

"천마신교를 견제하기 위해 상당한 인원이 빠졌다던데 그 영향이 아니겠소."

가급적 술을 삼가는 다른 이들과는 달리 과음을 한 자청포(紫靑浦)가 불콰해진 얼굴로 대답했다.

술기운 때문인지 아니면 원래부터 목청이 큰 것인지 탁한 음성이 장내를 쩌렁쩌렁 울렸다.

"그만 드시지요. 약주가 과하셨습니다, 아버님."

부친에 이어 이번에 새롭게 나부문을 이끌게 된 자운산(紫雲山)이 조심히 부친을 말렸다.

"괜찮다. 말년에 무림의 운명을 건 싸움에 참여하게 되었고 본 파가 선봉에 서게 되는 영광을 맞이하게 되었다. 어찌 취하지 않을 수 있겠느냐?"

자청포가 껄껄 웃으며 술잔을 들었다.

몇몇 사람은 그런 자청포를 보며 인상을 찌푸렸지만 자청포가 어떤 인물인지 익히 아는 이들은 오히려 환한 웃음을 지으며 그를 격려했다.

술 따위에 휘둘려 큰일을 망칠 인물이 아니라는 확고한 믿음이 있는 것이다.

"천마신교를 견제하느라 인원이 나뉘기는 했으나 방심은 금물일 것입니다. 천마신교라는 만만찮은 우환거리를 두고도 공격을 감행했다는 것은 다시 말해 그만큼 자신이 있다는 말일 테니까요."

뛰어난 머리, 남다른 배짱과 인품을 바탕으로 십 년 전, 차기 문주로 내정되었던 장문제자를 밀어내고 형산파의 문주가 된 번강(繁强)의 차분한 말투에 약간은 들뜬 분위기가 조용히 가라앉았다.

사람들이 새삼스런 눈길로 번강을 바라보았다.

서른다섯이란 비교적 어린 나이에 문주의 자리에 올라 고작 십 년 만에 형산파를 남궁세가와 어깨를 나란히 할 수 있을 정도로 키워낸 인물.

번강의 능력은 누구나 인정할 정도로 대단한 것이었다.

"오해하지 마시오, 문주. 적을 얕봐서가 아니라 이 늙은이 나름 전의를 다지는 것이니."

자청포가 너털웃음을 흘리며 술잔을 내려놓았다.

"그럴 리가 있겠습니까? 다만 적들의 배후를 견제해 줘야 할 천마신교가 위험해 빠졌다는 소식에 조금 걱정이 되어 그렇습니다."

방금 전의 언행이 연로한 선배에 대한 예의가 아니라고 생각했는지 번강의 음성이 한결 부드러워졌다.

"그런데 그 정보가 확실한 것이오, 가주? 천마신교 놈들이 마음에 드는 것은 아니나 쉽게 무너지면 우리에게 좋을 것이 없소이다."

염고한이 남궁결에게 물었다.

천마신교와 연합하는 것을 가장 탐탁지 않게 여기고 있는 염고한마저 우려를 할 정도로 현재 천마신교가 처한 상황은 좋지 않았다.

천마신교를 통해 공식적으로 도착한 정보는 아니나 무황성에서 정체를 알 수 없는, 사실상 루외루로 결론이 난 세력의 공격에 의해 천마신교 총단인 무이산이 초토화되었고 또한 그들이 야수궁의 배후를 위협하고 있는 천마신교를 공격하기 위해 움직이고 있음을 확인한 것이다.

"확실한 것 같습니다. 천목의 요원들이 몇 차례나 확인을 했다고 합니다."

남궁결의 대답을 들은 번강이 미간을 찌푸리며 물었다.

"하면 수호령주는 천마신교의 위기를 알고 있는 것입니까?"

"우리는 몰라도 그라면 미리 알고 있지 않았겠소? 도움을 청하는 전서구가 한참 전에 도착했을지도 모르는 일이고."

약간은 빈정거리는 듯한 염고한의 음성에 몇몇 사람의 안색이 살짝 굳어졌다.

특히 무황성 수뇌부의 대승적인 결단으로 남궁세가에 모든 지휘권을 넘긴 무황성 형양지부장의 표정이 그랬다.

이를 재빨리 간파한 남궁결이 서둘러 진화에 나섰다.

"그렇지는 않습니다. 제가 보증을 하지요."

"허허! 이게 보증까지 할 일이랍니까?"

염고한의 어이가 없다는 반응에 남궁결이 빠르게 말을 이었다.

"그렇잖아도 수호령주의 일로 여러분께 드릴 말씀이 있었습니다."

"왜요? 당장 천마신교를 구하러 간다고 합니까?"

염고한이 다시금 빈정거렸다.

"그나저나 수호령주는 어디에 있는 것이오? 이곳에 도착하고 한두 번 회의에 참석하는 것 같더니만 이후론 통 보이지가 않소이다."

자청포가 아쉬운 마음에 아직까지도 놓지 못한 술잔을 빙글빙글 돌리며 물었다.

"수호령주께선 너무 태연한 것 같습니다. 빠르면 내일 낮, 늦어도 내일 밤이면 적들이 들이칠 수 있는 상황인데도 마지막 회의까지 참석치 않고 있으니 말입니다."

번강의 말에 자청포가 웃음을 터뜨렸다.

"그만큼 자신이 있다는 말도 될 것이오. 다른 사람은 몰라도 그라면 능히 그런 자신감을 가질 수도 있는 것이고."

"꼭 그런 것 같지는 않습니다, 아버님."

자우산이 말했다.

"무슨 뜻이냐?"

"진중에 묘한 소문이 돌고 있습니다."

"소문? 무슨 소문이 돌고 있다는 것이냐?"

"수호령주께서 이미 이곳 전장을 떠나셨다는……."

자우산은 그것이 단순한 소문이 아니라 사실이 아니냐는 확신에 찬 눈빛으로 남궁결을 바라보았다.

"노부도 그런 소문이 돌고 있음을 알고 있었소. 설마 아니겠지요, 가주?"

염고한도 의심에 찬 얼굴로 물었다.

쓴웃음을 지은 남궁결이 심호흡을 하더니 고개를 저었다.

"유감스럽습니다만 맞습니다, 그 소문. 수호령주는 이미 이곳을 떠났습니다."

순간, 가볍게 시작한 술자리가 아수라장으로 변했다.

"그, 그게 무슨 소리요? 정녕 수호령주가 이곳을 떠났다는 말이오?"

염고한이 턱밑까지 내려온 수염을 부들부들 떨었다.

"대체 언제, 아니, 무슨 이유로 떠난 것입니까?"

번강도 당황한 빛이 역력했다.

"천마신교의 연락을 받은 것입니까?"

자우산이 차갑게 식은 얼굴로 물었다.

충분히 예상을 했음에도 온갖 질문이 쏟아져 나오고 저마다 언성이 높아지자 남궁결은 무척이나 곤혹스러워했다.

"자, 모두 조용히 합시다. 어째서 수호령주가 이곳을 떠났는지 남궁 가주의 이야기를 들어봐야 할 것 아니겠소."

자청포의 굵은 음성이 회의장을 쩌렁쩌렁하게 울렸다.

어느 정도 소란이 가라앉자 자청포를 향해 살짝 고개를 숙여 감사의 인사를 보낸 남궁결이 차분한 눈길로 주위를 둘러보았다.

"수호령주가 이곳을 떠난 것은 정확히 사흘 전, 그러니까 우리가 이곳 전장에 도착하고 하루가 지난 후에 떠났습니다."

"천마신교를 돕기 위해 움직인 것입니까?"

번강이 물었다.

"그렇습니다."

"역시. 우리 모르게 연락을 주고받은 것이구려. 위험을 느낀 천마신교에서 그에게 도움을 청했을 것이고 이곳 상황이야 어찌 되었든 친구를 구할 생각으로 움직였겠지."

염고한이 분노 가득한 비웃음을 흘렸다.

"그건 아닙니다. 연락을 받고 움직인 것이……."

남궁결이 변명을 하려 했으나 염고한은 아예 들을 생각이 없었다.

"아무리 천마신교가 위험에 빠졌다고 해도 명색이 무황성의 수호령주라는 사람이 어찌 이곳을 버리고 천마신교를 돕기 위해 떠난단 말이오. 이는 결코 간과할 수 없는 일일뿐더러 용서해서도 안 되는 일일 것이오."

주변 사람들에게 동의를 구하는 염고한의 분노는 하늘을 찌르고 있었다.

"염 문주님의 말씀에 일리가 있다고 봅니다. 수호령주가 천마신교의 교주와 우의가 돈독하다는 것은 알고 있으나 이건 아니지요."

번강이 강경한 어조로 염고한의 의견에 힘을 실어주었다.

더 이상 밀려선 안 된다고 여긴 남궁결이 정색을 하며 대답을 했다.

"수호령주는 천마신교의 요청을 받고 움직인 것이 아닙니다. 조금 전, 정기적으로 주고받는 전서에서도 합공에 노출될 가능성은 있다고 언급하였습니다만 그게 전부였습니다. 제 명예를 걸고 말씀드리건데 천마신교에선 어떤 도움의 요청도 없었습니다."

"수호령주와 따로 연락을 주고받은 것 아니오?"

염고한이 믿을 수 없다는 표정으로 물었다.

"제 명예를, 남궁세가의 명예를 걸고 말씀드린다고 했습니다. 설마하니 제가 거짓말을 한다고 여기시는 겁니까?"

"아, 그건 아니오."

무림에서 남궁세가와 남궁결이란 이름이 지닌 명예는 결코 가볍지 않은 것이다.

남궁결의 반문에 염고한도 한발 물러설 수밖에 없었다.

"무이산에 위치한 천마신교의 총단이 초토화가 된 것이 대략 나흘 전으로 수호령주가 떠난 시점과는 하루 정도가 차이납니다. 하지만 그때는 무이산에 벌어진 일에 대해서 아무것도 알려진 것이 없었습니다. 무황성은 물론이고 심지어 천마신교에서도 제대로 파악을 하지 못했지요. 그런 상황에서 수호령주가 무이산의 참사를 미리 알고 움직였다고 생각하는 것은 분명 무리일 것입니다."

"하면 수호령주는 어째서 이곳을 떠난 것입니까?"

번강의 음성엔 가시가 잔뜩 돋아나 있었다.

"전략적인 선택이었습니다. 수호령주는 천마신교가 단순히 적의 배후만 위협하는 역할로 머무는 것을 바라지 않았습니다. 그렇다고 지금 시점에서 전면적인 공격을 요청하기엔 다소 무리가 있습니다. 현재의 천마신교 전력이 과거에 비할 바가 아니기 때문입니다. 해서 직접 움직인 것입니다."

"지금처럼 견제만 하는 것이 아니라 천마신교까지 아예 주공으로 삼겠다는 생각이군요."

자우산이 탄성을 터뜨렸다.

"그렇습니다. 비록 인원은 얼마 되지 않지만 수호령주와 천강십이좌의 힘이라면 천마신교의 전력을 지금보다 최소한 두 배는 올릴 수 있습니다."

남궁결의 설명에 다들 인정한다는 듯 고개를 끄덕였다.

하지만 단순히 그런 이유만은 아니었다.

차기 무황으로 남궁결을 찍은 진유검은 남궁결이 자신의 힘으로 당당히 시험을 통과하여 무황의 지위를 얻어내길 원했다.

문제는 진유검이 남궁결과 함께 있는 한 그는 절대로 진유검의 그늘을 벗어날 수가 없다는 것.

탁월한 지휘력으로 싸움을 승리한다고 해도, 적진에 홀로 뛰어들어 야수궁 궁주의 목을 벤다고 해도 진유검이 전장에 있다는 이유만으로도 그의 공은 폄하될 수밖에 없었다.

그것을 걱정한 진유검은 고민 끝에 전장을 떠나기로 결정했다.

처음, 남궁결은 진유검이 떠나는 것을 강력하게 반대했다.

진유검이 전장에 존재하는 것과 그렇지 않은 것에 대한 전력의 차이가 극명했기 때문이었다.

그러나 남궁결은 진유검이 천마신교와 합류하여 야수궁의 배후를 철저하게 무너뜨리는 것 또한 이번 싸움에서 필승을 거둘 수 있는 해법이란 임소한의 의견과 앞으로의 일을 위해서라도 진유검의 존재는 가급적 배제되는 것이 좋다고 여긴 남궁세가 원로들의 조언을 무시하지 못했고, 결국 진유검과 천강십이좌가 은밀히 진영을 떠나는 것을 허락했다.

"천마신교에 합류하여 배후를 아예 뭉개 버리겠다는 것인데 실로 엄청난 자신감이 아닐 수 없구려. 과연 수호령주만이 할 수 있는 생각이오. 허허허!"

자청포가 시원한 웃음을 터뜨리며 슬쩍 술잔을 들었다.

"아무리 이유가 타당하더라도 그와 천마신교와의 관계를 감안했을 때 솔직히 다른 시선으로 볼 수밖에 없소. 게다가 우리에게 숨길 것까지는 없는 것 아니오?"

조금 전과 같은 비아냥은 아니더라도 염고한의 말은 여전히 곱지 않았다.

"그래야 적들까지 속일 수 있기 때문이었습니다."

"적들까지 속인다?"

"수호령주가 천마신교와 합세했다는 것을 알게 되면 적들은 분명 그에 대한 대비를 세울 것이고 그리되면 수호령주와 천강십이좌의 능력이 아무리 뛰어나다 하더라도 단숨에 적의 배후를 공략한다는 계획은 성공을 거두기가 쉽지 않습니다. 해서 천마신교에도 수호령주가 이곳을 떠나 그들에게 갔다는 것을 알리지 않았습니다."

"음."

남궁결의 말에 반박할 말을 찾지 못한 염고한은 나직한 신음과 함께 입을 다물었다.

염고한을 납득시킨 남궁결이 주변을 둘러보았다.

압도적인 무위를 자랑하는 수호령주가 떠났다는 것에 불안감을 느끼는 자들도 있었지만 대다수는 수호령주와 자신의 계획을 충분히 수긍하는 듯한 표정들이었다.

'되었군.'

큰 산을 넘었다고 여긴 것인지 남궁결의 입에서 절로 안도의 한숨이 흘러나왔다.

"사흘 전이라면 이미 천마신교와 합류를 했겠구려."

자청포가 다시금 잔을 들며 말했다.

"예, 야수궁을 따라 천마신교도 북상하고 있었으니 아마도 그럴 것입니다."

무심히 고개를 끄덕이던 남궁결의 표정이 살짝 굳었다.

　'한데 이전에는 몰랐다고 해도 합류를 했다면 어째서 그에 대한 말이 없었을까?'

　어차피 떠난 화살이다.

　남궁결은 머릿속의 의혹을 이내 지워 버렸다.

54장

재앙(災殃)

묘인산에서 북쪽으로 십 리, 산이 높고 험하여 인적을 찾기 힘든 진보정의 깊은 숲 속.

모종의 임무를 띤 야수궁의 선발대 이십여 명이 은밀히 은신해 있었다.

남궁세가와 강남 무림 연합군은 야수궁과의 싸움을 완벽하게 준비했다고 자신하고 있었지만 그들은 미처 몰랐다.

이제 막 계림을 지난 본대와는 달리 선발대라 할 수 있는 소수의 인원이 이미 한참 전에 무황성과 남궁세가의 정보망을 피해 묘인산보다 더 북쪽으로 올라와 있는 진보정(眞寶頂)에 은밀히 숨어 본진의 명이 떨어지기만을 기다리고 있다는 것을.

"곧 날이 저물 겁니다, 노야."

선발대를 이끌고 있는 오함이 조금씩 붉어지는 서쪽 하늘을 보며 말했다.

커다란 바위에 등을 기대고 휴식을 취하고 있던 노인이 감았던 눈을 천천히 떴다.

양어깨에 세모꼴 눈을 번뜩이고 붉은 헛바닥을 날름거리는 두 마리의 백사(白蛇)를 걸친 척발광(拓拔狂)이 섬뜩한 녹안(綠眼)으로 오함과 그의 뒤에 선 사내들을 차분히 살폈다.

"저 황혼이 어쩌면 네놈들에겐 살아서 보는 마지막 해가 될 수도 있겠구나. 자, 술이나 한 잔씩 하면서 뒈지기 전에 실컷 감상하여라."

말투는 거칠었지만 말투 속엔 죽음을 앞둔 수하들에 대한 안쓰러움이 담겨 있었다.

"조금 먼저 간다고 생각해. 우리도 곧 따라갈 테니까. 싸우다 가게 될지 아니면 본 궁의 영광을 보고 갈지는 모르겠다만."

척발광의 머리 위, 바위에 대자로 누워 있던 휼앙(恤仰)이

고개를 빼꼼 내밀며 말했다.

"흠, 마지막 술인데 제대로 된 술을 마셔야지. 많지는 않지만 한 모금씩 하여라. 두려움을 좀 가시게 해 줄 것이다."

훌앙이 품에서 술병 하나를 꺼내 던졌다.

오함은 감격한 얼굴로 술병을 받았다.

훌앙이 준 술은 단순한 술이 아니다.

술병 안에는 남만의 밀림에서도 가장 깊숙한 곳에 궁전과도 같은 커다란 집을 만들고 사는 금황봉(金黃蜂)이 들어 있었다.

눈과 다리를 제외하고 머리에서 발끝까지, 심지어 날개마저 황금빛으로 물들어 있는 금황봉은 밀림의 제황이자 폭군으로 통한다.

품고 있는 독 또한 상상도 할 수 없는 극독.

훌앙이 준 술은 바로 그런 금황봉을 산 채로 잡아넣어 만든 술로 금황봉뿐만 아니라 금황봉이 만든 봉밀(蜂蜜)까지 들어 있어 가히 영약이라 부를 만했다.

"줄 거면 진즉에나 주지. 죽으러 가는 마당에 쓸데없이."

척발광의 핀잔에 훌앙이 바위에서 뛰어내리며 말했다.

"이게 어떤 술인지 알면서 그래? 나한테도 겨우 두 병 남은 것이란 말이다."

"어차피 다시 담글 거 아냐?"

"그렇긴 하지."

휼앙이 씨익 웃으며 말했다.

"미친 늙은이. 술을 담고 싶으냐? 평소엔 제 새끼들이나 다름없다고 수선을 떨면서."

"어허, 모르는 소리. 부모를 공양하는 것이 자식들의 도리야. 이놈들이 비록 미물에 불과하지만 그건 또 잘 안단 말이지. 안 그러냐?"

휼앙이 고개를 살짝 숙였다.

그의 옷깃에서 족히 두 뼘은 될 만한 벌이 마치 휼앙의 말에 대답이라도 하는 듯 고개를 슬그머니 치켜 올리며 날개를 활짝 폈다.

압도적이면서도 아름다운 자태.

오함과 사내들은 금황봉의 정점인 여왕벌의 위용에 숨을 죽였다.

척발광마저 감탄을 금치 못할 정도로 여왕의 날갯짓은 위엄이 있었다.

척발광의 좌우 어깨에 걸쳐 있는 백사가 쉭쉭거리는 소리를 내며 도발을 했으나 여왕벌은 이내 날개를 접고 휼앙의 품을 파고들었다.

"변태 같으니."

"변태? 매년 수백 마리의 뱀을 쳐드시는 네놈이 할 말은 아니지."

흉앙이 날카롭게 쏘아붙이자 척발광이 혀를 날름거리는 백사의 목을 거칠게 틀어쥐며 말했다.

"난 새끼 어쩌고 하는 네놈과는 다르다. 난 이놈들의 생사여탈권을 가지고 있는 절대적인 주인이야. 언제든지 목숨을 취할 수 있는 자격이 있단 말이지."

차갑게 백사를 쏘아보던 척발광이 백사의 머리를 톡톡 두드리며 목을 틀어쥔 손에 힘을 뺐다.

고개도 쳐들지 못하고 조용히 어깨 뒤로 넘어가는 백사를 보며 흉앙은 고개를 저었다.

"잘났다."

"됐고. 다들 술 마실 때 조금은 주의해라. 후각이 예민한 놈들이다 보니 무슨 짓을 할지 모른다. 괜히 임무를 완수하기도 전에 뒈지지 말고."

"며, 명심하겠습니다."

오함은 척발광의 경고에 흠칫 몸을 떨며 몇 번이고 백사를 바라보았다.

"죽음을 앞둔 놈들이 겁은."

흉앙이 금황봉으로 담근 마지막 술을 꺼내 들었다.

술병의 마개를 제거하자 뭐라 형온할 수 없는 향기로운 내음이 사방으로 퍼져 나갔다.

연신 핀잔을 늘어놓던 척발광마저 어느새 술잔을 그에게 내밀고 있었다.

피식 웃은 흉앙이 술병을 하늘 높이 쳐들며 소리쳤다.

"자, 마시자. 내일 새벽이면 너희는 본궁의 위대한 승리의 초석이 될 터. 죽을 때 죽더라도 천상의 맛은 보고 죽어야 할 것 아니더냐!"

*   *   *

손에 들린 붓이 툭 떨어졌다.

그 바람에 화선지 위에 고고히 피어나던 난화가 형편없이 망가졌으나 공손후는 지금 그림을 살필 마음의 여유를 잃었다.

"사흘 전? 지금 사흘 전에 사라졌다고 했나?"

공손후가 다급한 음성으로 물었다.

"그렇습니다."

환종의 대답에 공손후와 더불어 난을 치고 있던 공손무가 이해가 안 간다는 얼굴로 다시 물었다.

"사흘 전이라면 몽월단이 무이산을 초토화시켰을 때와

별 차이가 없는데 이상하구나. 천마신교의 본진에서 연락이 간 것이냐?"

"그건 아니라고 합니다. 무이산과의 일과는 상관없이 자의적으로 움직였다고 합니다."

"자의적으로 움직인 것이라면 천마신교와 더불어 야수궁의 배후를 노리겠다는 생각이로군. 천마신교를 조공이 아니라 주공으로 쓰려는 생각이야. 현재의 전력으론 다소 부족해 보이나 그가 합류한다면 충분히 가능한 얘기지."

공손무의 말에 환종이 재빨리 덧붙였다.

"그런 의도를 가지고 떠났다고 하였습니다."

"한데 어째서 여태까지 그런 보고가 없었던 것이지?"

공손후가 약간은 노기 띤 얼굴로 물었다.

"그쪽에서도 수호령주가 떠난 것을 알고 있던 사람은 남궁결을 비롯하여 극소수라고 합니다. 원래는 끝까지 비밀로 하려 했는데 야수궁과의 일전이 임박했기에 어쩔 수 없이 밝힌 것 같습니다."

조심스레 대답을 한 환종이 이마를 타고 흐르는 식은땀을 슬쩍 닦았다.

"천마신교 쪽에선 연락이 왔느냐?"

공손무가 물었다.

"아직입니다. 천마신교를 감시하고 있는 수하들로부턴

그에 관한 어떤 보고도 없었습니다."

"거리상 아직 도착할 때가 되지 않을 수도 있겠군."

"그것이 조금 이해가 가지 않습니다. 야수궁의 북상과 더불어 천마신교 역시 북상을 했기에 사흘이라면 충분히 도착할 수 있는 시간입니다."

"그래? 흠, 남궁세가에도 없고 천마신교에도 없다면 대체 어디로 갔을꼬."

공손무가 미간을 찌푸리며 생각에 잠긴 사이 공손후가 입을 열었다.

"혹, 몽월단 쪽에선 별다른 연락이 없던가?"

"예, 내일 밤이면 천마신교를 따라잡을 수 있을 것 같다고 합니다. 그 즉시 공격을 한다는 전갈이 조금 전에 도착했지만 수호령주에 대한 얘기는 없었습니다."

"내일 밤? 그 먼 거리를 주파하느라 꽤나 고생했겠어. 그나저나 남궁세가도, 천마신교도, 몽월단도 아니다? 이것 참, 정말 곤란하게 되었군."

공손후는 감쪽같이 사라진 수호령주의 존재가 영 떨떠름했다.

"아무튼 수호령주가 남궁세가에서 이탈을 했다면 남궁결의 목숨을 취하는 것은 생각보다 쉽겠군. 유아가 위험에 빠질 일도 없겠고."

공손무의 말에 공손후가 동의를 표했다.

"예, 예상과는 달리 무이산의 소식이 너무 늦게 전해지는 것 같아서 걱정이었는데 그나마 다행입니다. 다만 수호령주의 존재가 확인이 되지 않는다는 것이 영 마음에 걸리는군요."

"같은 생각일세. 하필이면 가장 중요한 자의 움직임을 놓친 셈이니."

"죄, 죄송합니다."

환종은 그것이 자신의 실수라도 되는 양 허리를 숙였다.

"같은 편도 모르게 빠져나간 자다. 네 잘못이 아니다."

공손무의 부드러운 손짓에 굽혀졌던 환종의 허리가 제자리를 찾았다.

"이제 어찌할 생각인가?"

"무엇을 말씀하시는지요?"

공손후가 공손히 물었다.

"몽월단 말이네. 수호령주가 언제 천마신교에 합류할지 모르는 상황 아닌가. 어쩌면 지금 이 순간, 이미 합류를 했을 수도 있고. 자칫하면 큰 피해를 당할 수 있네. 지난번에 말한 것처럼 뒤로 물려야 하지 않을까 싶네만."

"하루 정도의 시간이 있으니 일단은 조금 더 두고 보지요. 그사이 수호령주가 천마신교에 도착한 것이 확인되면 공격을 중단할 것이고 만약 도착하지 않았다면 원래 계획대로 야수궁과 합공하면 될 것입니다. 아, 금검단은 몽월단과 합류를 했다고 하던가?"

공손후가 환종을 돌아보며 물었다.

"아직은 아닙니다만 내일쯤이면 합류를 할 수 있을 것입니다."

"상황이 어찌 변할지 모르니 몽월단주와 금검단주 모두에게 연락을 취해 놓는 것이 좋겠군."

"알겠습니다."

공손후가 공손무에게 고개를 돌리며 쓸쓸히 말했다.

"이것 참, 우습군요. 천하에 루외루가 고삭 한 사람의 눈치를 보는 신세라니요."

"어쩔 수 없겠지. 그자의 강함은 이미 증명이 된 것이고 산외산과의 일전을 생각해서라도 최대한 전력을 보존해야 하니까 말이네."

힘없이 대답하는 공손무도 더없이 착잡한 표정을 지었다.

"알고 있습니다. 언제고 이 빚을 갚을 날이 오겠지요."

공손후의 눈가에 섬뜩한 살기가 피어올랐다.

*   *   *

광동성 최북단에 위치한 대무산(大霧山).

강남 최대의 산맥인 남령산맥(南嶺山脈)의 한 지류로써 위쪽으론 호남성, 동쪽으론 강서성과 인접해 있는 대무산은 험준한 산세는 물론이거니와 이름 그대로 사시사철 짙은 안개에 휩싸여 있어 인간의 발걸음이 좀처럼 미치지 않는 곳이다.

그런 대무산의 서쪽 능선, 무이산의 천마신교 총단을 초토화시킨 몽월단이 모습을 드러낸 것은 동녘 하늘에서 여명이 밝아올 무렵이었다.

대무산을 에워싸고 있는 안개가 내려앉은 것인지, 아니면 그간의 힘든 여정 때문인지, 그것도 아니면 밤을 새며 대무산의 정상을 넘어서 그런 것인지 저마다 피곤에 찌든 얼굴엔 굵은 땀방울이 줄줄 흘러내렸고 의복은 완전히 젖어 있었다.

다들 힘든 기색이 역력했음에도 강행군은 계속됐다.

대무산을 넘기 위해 산을 오르는 과정도 힘들었지만 산세가 험한 만큼 하산을 하는 과정도 무척이나 힘들었다.

보다 못한 공손엽이 가장 앞에서 일행을 이끌고 부단주 유섬과 어깨를 나란히 하며 말했다.

"조금 쉬는 게 어때요? 날이 밝아도 계속 이동할 텐데 체력을 비축해야지요. 저러다 탈진해서 쓰러질 것 같습니다."

"이조장 말이 맞습니다. 우리야 그렇다 쳐도 다른 녀석들 몰골 좀 보십쇼. 속도는 유지하고 있지만 다들 제정신이 아닙니다."

공손엽과 얘기가 된 것인지 뒤쪽에 있어야 할 몽월단 삼조장 이사청이 불쑥 얼굴을 내밀며 앓는 소리를 해댔다.

"그건 나도 알지만……."

유섬은 쉽게 대답하지 못했다.

선두에서 짐승들이나 다니는 길을 개척하느라 누구보다 고생하고 있던 그 역시 쉬고 싶은 마음은 굴뚝같았다.

하지만 단주의 명이 없이는 절대로 발걸음을 멈출 수가 없었다.

"일단 단주님께 말씀이나 드려 보십시오. 최대한 빨리 따라잡아야 한다는 것은 알지만 다들 너무 지쳤습니다. 천마신교와의 싸움을 생각해서라도 이건 아닌 것 같습니다."

이사청의 말이 끝나는 것과 동시에 공손엽이 유섬의 옆구리를 쿡 찔렀다.

"이럴 때 능력을 좀 보여줘 봐요. 맨날 잔소리만 늘어놓지 말고."

공손엽의 힐난 아닌 힐난에 도끼눈을 치켜뜨던 유섬이
한숨을 내쉬며 말했다.

"알았다. 일단 단주님께 말씀드려 보자. 대신 허락이 떨
어지기 전까지 속도 늦추지 말고."

"그건 걱정하지 마시고 어서 가서 말씀이나 드려요."

공손엽의 채근에 다시금 한숨을 내쉰 유섬이 천천히 걸
음을 멈췄다.

그의 어깨를 스치며 지나가는 몽월단원들.

유섬이 멈춘 이유를 알기라도 하듯 저마다 간절한 눈빛
으로 그를 응시하고 있었다.

유섬은 일행 맨 후미에서 느긋하게 쫓아오고 있는 몽월
단주를 보며 어색한 미소를 지었다.

"저, 단주님. 아무래도……."

말이 채 끝나기도 전에 표정이 확 바뀌는 몽월단주를 보
며 유섬은 괜한 말을 꺼냈다는 생각에 후회막심이었다.

하지만 몽월단주가 비명에 가까운 외침을 토해내며 몸을
날리자 유섬의 표정이 딱딱하게 굳었다.

지금껏 보지 못했던 몽월단주의 반응에서 뭔가 잘못되어
도 단단히 잘못되었음을 직감했다.

그 이유는 곧바로 알 수 있었다.

쐐애애액!

엄청난 파공성을 동반한 무엇인가가 몽월단을 향해 날아
든 것이다.

몽월단주의 외침과 더불어 날아든 물체는 정확하게 파악
을 할 수는 없었지만 안개를 소용돌이처럼 휘감고 날아드
는 모양새가 마치 창과 같았다.

"크헉!"

유섬을 대신해 가장 앞서 무리를 이끌던 공손엽의 입에
서 비명이 터져 나왔다.

몽월단주의 경고를 듣자마자 본능적으로 몸을 튼 덕분에
목숨은 구할 수 있었으나 마치 짐승에게 공격이라도 당한
듯 왼쪽 어깨가 무참히 뜯겨져 나갔다.

뭉개진 어깨를 부여잡고 간신히 중심을 잡은 공손엽이
힘겹게 고개를 돌렸다.

자신에게 상처를 입힌 물체는 분명 힘을 잃지 않았다.

자신의 어깨와 부딪쳤음에도 방향을 틀지 않고 오히려
더욱 강력한 힘으로 쏘아져 나갔다.

그리고 그 뒤엔 동료이자 수하들이 있었다.

"아!"

공손엽의 입에서 비명이 터져 나왔다.

자신이 뿌린 피인지 아니면 뒤에서 따라오던 단원들의 피인지 모르겠지만 허공으로 치솟은 피가 소용돌이의 압력에 의해 사방으로 퍼져 나가며 주변을 에웠고 안개 자체가 붉은색으로 변해 버렸다.

그 붉은 안개 아래 외미다 비명도 지르지 못하고 숨이 끊어진 수하 다섯의 시신이 무참히 나뒹굴었다.

그들의 가슴엔 저마다 어린아이 머리통만 한 구멍이 뚫려 있었다.

뚫린 구멍 사이로 완전히 빠져 나온 장기들이 뜨거운 김을 쉼 없이 토해냈다.

"이, 이게 대체."

어깨에서 밀려드는 고통도 잊은 채 입만 쩍 벌리고 있는 공손엽은 거의 정신이 나간 모습이다.

눈 깜짝할 사이에 다섯 명의 동료를 잃은 몽월단원들도 넋을 잃기는 매한가지였다.

"정신들 차려! 이 무슨 한심한 모습이냐!"

사자후와 같은 몽월단주의 외침은 갑작스런 암습에 동료들을 잃고 극도의 공포와 혼란을 느끼고 있던 몽월단원들의 정신을 단숨에 일깨웠다.

몽월단원들은 몽월단주의 외침이 끝나는 것과 동시에 자신의 몸을 보호해 줄 엄폐물을 찾아 사방으로 비산하며 또

다른 암습에 대비했다.

바로 그 순간, 또 한 번의 파공성이 들리고 방금 전 다섯 명의 목숨을 빼앗아간 물체가 날아들었다.

그 물체가 일으킨 소용돌이에 안개마저 휘감기며 주변의 시야가 확 트였다.

"조심해랏!"

몽월단주 곁으로 달려온 유섬이 물체가 날아가는 방향을 보고 소리쳤다.

유섬의 경고를 받은, 아름드리 소나무 뒤에 몸을 숨긴 몽월단원이 최대한 몸을 웅크렸다.

그것이 최선이 아니라는 것을 아는 데는 오랜 시간이 걸리지 않았다.

쾅!

커다란 충돌음과 함께 높이만 십 장에 이르는 소나무가 거칠게 흔들렸다.

아니, 단순히 흔들리는 정도가 아니라 엄청난 속도로 날아와 부딪친 물체로 인해 소나무 밑동이 산산이 조각나며 흩어지고 있었다.

수백 년 세월을 굳건히 버텨온 소나무가 힘없이 쓰러지고 앞을 가로막던 방해물을 단숨에 제거한 물체가 목표물을 짓이기려 할 때 몽월단주가 던진 검이 물체의 옆구리를 강타했다.

몽월단원을 노렸던 물체가 옆으로 튕겨져 나가며 다른 소나무에 깊숙이 박혔다.

간발의 차이로 목숨을 구한 몽월단원이 하얗게 질린 얼굴로 자리에 주저앉았다.

수하의 목숨을 빼앗으려는 물체를 튕겨내고 돌아온 검을 회수하는 몽월단주의 안색은 과히 좋지 않았다.

상황이 워낙 다급하여 전력을 기울일 수는 없었으나 그래도 그가 던진 검에 실린 힘은 능히 천 근의 거석을 박살 낼 수 있을 정도로 막강했다.

하지만 검에 부딪친 물체는 부서지지도 완전히 튕겨져 나가지도 않았다.

그저 약간의 방향만 바꿨을 뿐이다.

무엇보다 소나무에 박힌 그 물체의 정체가 몽월단주의 표정을 심각하게 만들었다.

첫 번째 공격으로 수하 다섯 명의 목숨을 빼앗고 두 번째 공격으로 아름드리 소나무를 박살 낸 그 물체의 정체는 그냥 나무 작대기에 불과했다.

그것도 아무 나무에서 대충 잘라내어 잔가지를 쳐낸 길이 반 장 정도의 작대기.

그 작대기에 루외루에서 가장 뛰어난 인재들만 모였다는

몽월단원이 농락을 당했고 루외루에서 적어도 다섯 손가락 안에는 들어간다고 알려진 몽월단주의 자존심 또한 큰 상처를 입었다.

하지만 지금은 자존심 따위는 문제가 아니었다.

'누구란 말이냐?'

몽월단주는 맹렬하게 뇌리를 굴렸다.

작대기에 실린 힘을 감안해 보건데 암습자의 실력은 자신의 아래가 아니었다.

당금 천하에 그만한 실력자를 떠올리기란 쉽지 않았다.

같은 생각을 하고 있는 것인지 곁으로 다가온 유섬이 심각한 표정으로 입을 열었다.

"천마신교가 매복을 한 것은 아닐까요?"

"천마신교?"

"예, 놈들은 우리가 뒤쫓는 것을 알고 있을 테니 말입니다. 아예 역으로 치고 나오는 것일 수도 있습니다."

"하지만 천마신교를 감시하는 비상으로부터 아무런 전갈도 오지 않았다."

"아무리 비상의 요원들이 뛰어난 능력을 지녔다고 해도 천마신교에서 작심하고 꾸민다면 눈치채지 못할 가능성도 높습니다. 이런 식의 암습이라면 대규모로 움직인 것도 아닐 테니까요."

"음."

몽월단주의 입에서 침음이 흘러나왔다.

충분히 가능한 얘기였다.

야수궁과의 합공에 당하느니 함정을 파고 기다려 암습을 하는 것이 훨씬 더 효과적인 방어요, 공격일 테니까.

게다가 천마신교라면 방금 전 작대기의 공격도 이해가 갔다.

비상의 보고에 따르면 새롭게 천마신교의 교주가 된 독고무란 자의 무위가 최소한 현경에 이르렀을 것이라 했다.

최소한이라 했으니 얼마나 뛰어날지는 가늠조차 되지 않았다.

'수호령주의 친구라더니 역시 그만한 실력을 지니고……'

몽월단주의 눈동자에서 기광이 스쳐 지나갔다.

"혹, 수호령주에 대해 전해진 정보가 있나?"

"특별한 것은 없었습니다."

"하면 아직도 남궁세가 쪽에 있다는 말이겠군."

"예, 그렇게 알고 있습니다. 왜 그러십니까?"

"아니다. 내가 착각했다."

몽월단주는 잠시나마 작대기의 주인이 수호령주가 아닐까 하는 의심을 해보았으나 이내 생각을 접었다.

현재 루외루에서 가장 신경을 쓰는 존재가 바로 수호령 주이다.

그가 어떤 식으로든 반응을 했다면 알려지지 않을 턱이 없었다.

"역시 천마신교뿐이겠군."

"예, 하지만 반경 삼십 장 내에 별다른 기척이 느껴지지 않습니다."

유섬은 혼신을 다해 주변을 훑었지만 적의 흔적을 찾지 못해 꽤나 당황하고 있었다.

"더 먼 거리에서 공격을 했거나 네가 눈치채지 못할 정도로 뛰어난 고수가 은신해 있다는 것이겠지. 문제는 과연 적들이 얼마나 많이 포진해 있냐는 것인데."

생각은 이어지지 못했다.

작대기로 판명된 물체가 연속적으로 날아들었기 때문이었다.

두 번의 공격에서 작대기에 실린 힘이 상상을 초월하는 것을 확인한 몽월단원들은 풀이나 나무 따위가 아니라 큰 바위나 암석을 찾아 몸을 숨겼다.

그럼에도 안전하다 장담할 수 없었다. 마치 끈이라도 연결된 것처럼 맹렬하게 날아든 작대기가 정확하게 목표를 찾아 움직였기 때문이었다.

몽월단주의 눈부신 활약이 아니었다면 작대기가 날아든 족족 목숨을 잃었을 터였다.

그렇게 스무 번 정도의 공격이 이어진 후, 더 이상 작대기는 날아들지 않았다.

하지만 마지막 작대기가 날아든 이후에도 몽월단은 한참이나 움직이지 못했다. 그 짧은 사이에 그들이 느낀 공포감이 어떠했는지는 굳이 설명할 필요가 없었다.

암습의 공포에 떨고 있는 몽월단과 정확히 오십여 장 떨어진 곳.

한 시진 전부터 자리를 잡고 몽월단이 도착하기를 기다리고 있던 진유검 일행은 눈앞에서 펼쳐지는 진귀한 광경에 다들 할 말을 잃었다.

진유검이 실전에서 활약하는 것을 처음으로 목도한 임소한은 벌어진 입을 다물지 못했고, 그와 나름 많은 경험을 쌓았다고 자부하던 곽종과 여우희 또한 진유검이 장난처럼 던진 작대기가 빽빽이 들어찬 수풀과 안개를 뚫고 날아가 적을 괴롭히는 모습엔 두 눈을 부릅뜨고 놀랄 수밖에 없었다.

오직 작대기를 건네주는 전풍만이 불만 어린 표정을 지으며 툴툴거릴 뿐이었다.

"애들 장난하는 것도 아니고 이게 뭡니까? 기왕 하려면 화끈하게 붙어야지."

"그러기엔 놈들의 실력이 너무 뛰어나. 인원도 많고."

진유검은 전풍에겐 시선도 주지 않고 적진을 향해 작대기를 던졌다.

준비한 작대기가 모두 떨어지자 진유검이 크게 심호흡을 하며 몸을 돌렸다.

이마에 땀이 송골송골 맺힌 것을 보며 임소한 등은 그제야 장난처럼 작대기를 던지던 모습이 결코 쉬운 것이 아님을 깨달을 수 있었다.

상식적으로 생각해 보아도 당연했다.

제대로 만들어진 창도 아니고 그저 아무렇게나 만든 작대기를 수풀과 안개에 가려 보이지도 않는 적진을 향해 정확하게 날린다는 것은 보통 힘든 아니었다.

그 거리가 물경 오십 장에 목표물은 어중이떠중이가 아니라 루외루가 자랑하는 최강의 전사들.

진유검이 아니라면 감히 흉내조차 낼 수 없는 일이었다.

"얼마나 해치운 겁니까?"

곽종이 기대감을 갖고 물었다.

"글쎄, 느낌상 여덟, 아홉 정도 같군."

곽종의 얼굴이 살짝 굳었다.

그동안 진유검이 보여 왔던 능력에 비하면 적의 피해가 생각보다 적었다.

"확실히 뛰어난 고수들로만 구성되어 있어. 특히 우두머리는 대단한 고수야."

진유검은 그 먼 거리에서도 몽월단주의 존재를 확실하게 인식하고 있었다.

"확실히 그자는 무섭긴 하더만요. 어딘지 모르게 독고 형님하고 비슷해요."

몽월단이 대무산에 접어들기도 전, 이미 그들의 동태를 감시하고 돌아온 전풍이 먼 거리에서도 엄청난 기세를 뿜어대던 몽월단주를 떠올리며 약간은 긴장한 표정을 짓자 평소 어지간한 고수는 눈에도 차지 않아 했던 그의 태도를 누누이 지켜봤던 곽종과 여우희는 상당히 놀랍다는 반응을 보였다.

"천마신교로선 정말 다행이군요. 령주께서 남궁세가를 떠나지 않았으면 저런 괴물들과 직접적으로 상대를 했었을 테니까요."

임소한의 말에 진유검이 고개를 저었다.

"천마신교뿐만 아니라 우리 쪽에도 정말 다행스런 일입니다. 만약 천마신교가 큰 피해를 당했다면 그 여파가 우리 쪽에도 고스란히 미칠 테니까요. 앞으로의 싸움에서도 결코 좋지 않고요."

"그렇게 보면 당신이 양측을 구한 일등 공신이오."

전풍이 어조인을 보며 엄지손가락을 치켜들었다.

무이산에서부터 진유검과 행보를 같이하고 있는 어조인은 진유검이 남궁세가를 떠나 천마신교로 향하는 동안에도 그가 속한 무황성의 정보조직 천목과 끊임없이 연락을 주고받았다.

그 덕분에 진유검 일행이 천마신교와 합류하기 직전, 무이산의 참사와 천마신교 총단을 초토화시킨 적들이 천마신교 본진을 노리고 이동 중이라는 사실을 확인했다.

천마신교와 합류하여 그들을 맞이할까도 생각했었지만 아무래도 자신의 존재가 노출되는 것보다는 예상치 못한 상황에서 공격을 하는 것이 더 효과적이라 생각한 진유검은 곧바로 방향을 틀었고 적의 이동 경로상 반드시 넘어야 하는 대무산에서 몽월단을 기다렸다.

"놈들에겐 재앙을 안겨 준 것이고."

곽종이 덩달아 엄지손가락을 치켜세우자 어조인이 기쁘면서도 민망한 얼굴로 두 손을 내저었다.

"그냥 제가 할 일을 했을 뿐입니다. 게다가 저들의 존재를 몰랐다고 해도 령주님께서 천마신교와 합류하신 이상 큰 문제는 없었을 것 같기도 하고요."

"그건 아니지. 저들이 야수궁과 합류하고 난전이 벌어진다면 생각 외로 큰 피해가 발생할 수밖에 없다. 개개인이 워낙 뛰어난 고수들이라 천마신교에서 막아내기가 결코 쉽지 않았을 테니까. 네 공이 크다."

진유검까지 칭찬을 하자 어조인은 그제야 뿌듯한 표정을 지으며 고개를 숙였다.

"자, 이제 인사치례는 했으니 제대로 초대를 해볼까?"

방금 전, 적을 공격하면서도 자신의 기운을 드러내지 않았던 진유검이 기세를 확 끌어 올리자 대무산 전체로 그의 존재감이 뻗어 나갔다.

그것을 가장 먼저 알아챈 사람은 당연히 몽월단주였다.

*   *   *

몽월단주의 손짓에 숨을 죽이고 있던 몽월단원들이 일제히 모습을 드러냈다.

"단주님."

유섬이 걱정스럽게 몽월단주를 불렀다.

몽월단주의 시선을 받은 유섬이 고개를 저었다.

적의 초대에 응해선 안 된다는 눈빛이다.

"우리에겐 선택의 여지가 없다. 그리고 함정 같지는 않

아. 저만한 기운을 뿜어내는 자가 함정 따위나 파고 우리를 부를 이유는 없을 테니까."

몽월단주는 전신의 세포 하나하나까지 바싹 긴장시키는 적의 능력에 새삼 감탄을 하며 신중히 걸음을 움직였다.

함정이 아니라 확신을 하면서도 만에 하나 또다시 암습이 이어졌을 경우 수하들을 확실하게 보호하기 위해서 내력을 한껏 끌어 올린 상태였다.

몽월단주의 뒤를 여전히 불안한 표정의 유섭과 긴장감을 감추지 못하는 몽월단원들이 조심스레 따랐다.

몽월단주의 예상대로 더 이상의 공격은 없었다.

하지만 양측의 만남은 쉽게 성사되지 않았다.

진유검이 대무산을 전장으로 선택은 했으나 지금 그들이 있는 위치는 경사가 너무 가파르고 주변에 수목이 울창하여 마음껏 실력을 펼치기에 좋지 않았다.

특히 백보운제라는 압도적인 경공술을 이용하여 적을 유린하는 전풍에겐 그야말로 최악의 장소였다.

물론 넓은 개활지에서 싸울 경우 수적으로 우세한 몽월단이 포위공격을 하는 데 더 유리할 수 있겠지만, 어차피 서로 움직이기 힘든 곳에서의 합공이냐, 마음껏 움직일 수 있는 곳에서의 합공이냐의 차이일 뿐이었기에 천강십이좌는 행동이 제약되는 곳보다는 포위 공격을 당하더라도 마음껏 실력을 발휘할 수 있는 곳에서의 싸움을 원했다.

그래서 선택된 곳이 대무산 서쪽 능선 아래, 화전민이 거주하다 떠난 곳이었다.

그사이 많은 수목과 잡초들이 자랐으나 최소한 움직임에 제약을 받을 것 같지는 않았다.

"드디어 만났군."

갑자기 확 트인 개활지가 나타나자 조심히 걸음을 멈춘 몽월단주가 맞은편 끝에 자리하고 있는 진유검 일행을 확인하곤 입술을 비틀었다.

"뭔가 이상합니다."

몽월단을 공격한 자들을 천마신교로 예상하고 있던 유섬이 당황스런 눈빛으로 진유검과 그 일행을 노려보았다.

은밀히 몸을 빼야 했기에 당연히 대규모의 인원이 움직이진 않았을 것이라 확신을 하고 있었으나 생각보다 인원이 너무 적었다.

"확실히 그렇군."

"매복이 있을 수 있습니다."

"아니, 없다."

몽월단주가 단정적으로 고개를 저었다.

"하지만 숫자가 너무 적습니다."

"그만큼 자신이 있다는 말이겠지."

기감을 최대한 끌어 올려 주변을 면밀히 살핀 몽월단주의 표정은 과히 좋지 않았다.

루외루 최강이라 자부하는 몽월단이 무시를 당했기 때문이 아니다.

고작 여섯 명, 그중에서 한 명은 신경 쓸 가치조차 없었으나 나머지 다섯 사람은 상황이 달랐다.

자신과 유섬을 제외하곤 몽월단의 그 누구도 일대일로 상대할 수 있는 자들이 아니다.

아니, 몇 명이 합공한다고 해도 승리를 장담할 수 있을지 회의적이었다.

특히 중심에서 누구보다 여유롭게 자신을 바라보고 있는 인물은 실력조차 가늠되지 않았다.

"천마신교에서도 최고의 고수들만 차출한 것 같습니다."

유섬 또한 비로소 상대의 기운을 제대로 읽어낸 듯싶었다.

다만 그는 진유검 일행을 여전히 천마신교의 무인들이라 확신하고 있었다.

"저자가 이번에 교주가 되었다는 독고무인 것 같습니다. 어린 나이에 복천회를 이끌고 천마신교를 되찾았다더니 확실히 대단하군요."

유섬은 강한 듯 강하지 않고, 약한 듯 전혀 약해 보이지 않는 진유검을 가리키며 오만상을 찌푸렸다.

이처럼 실력이 가늠되지 않는 상대는 지금껏 겪어본 적이 없어 당황스럽기 짝이 없었다.

몽월단주는 유섬의 말에 대답하지 않았다.

뭔가 마음에 걸리는 듯 표정이 영 심상치 않았다. 이를 본 유섬이 조심히 불렀다.

"단주님."

"아무래도 이상해."

"뭐가 말입니까?"

몽월단주가 진유검과 천강십이좌를 가리켰다.

"저자들이 정말로 천마신교가 맞을까?"

"예?"

유섬이 눈을 동그랗게 뜨고 되물었다.

"내가 알고 있는 독고무는 저렇듯 유한 자가 아니다. 비상의 평가에 의하면 존재감만으로 주변을 압도하는 살기와 패기를 내뿜는다고 했다. 정확히 말해 나와 같은 부류라고 할 수 있지."

"하지만 저자가 천마신교의 교주가 아니라고 한다면……."

유섬은 말을 잇지 못했다.

루외루에서도 루주와 전대의 어르신 몇 분을 제외하고는

상대할 사람이 없다고 평가받는 몽월단주마저 긴장시킬 정도의 고수가 눈앞에 있었다.

그만한 고수가 천마신교의 교주가 아니라면, 루외루에서도 전혀 파악하지 못하는 새로운 고수의 등장이자 루의 계획에 뭔가 심각한 문제가 발생한 것을 의미했다.

바로 그때였다.

푸드덕거리는 소리와 함께 한 마리의 새가 유섬의 어깨에 내려앉았다.

루에서 오직 지급(至急—매우 급함)을 요하는 상황에서만 날린다는 만리응(萬里鷹)의 존재에 유섬의 표정이 확 변했다.

재빨리 다리에 묶인 통을 풀어 안에 든 내용을 살핀 유섬은 경악에 찬 얼굴로 몽월단주와 개활지 맞은편에서 그들을 기다리고 있는 진유검 일행을 바라보았다.

"천마신교가 아니구나."

몽월단주의 말에 유섬이 무겁게 고개를 끄덕였다.

"누구냐?"

유섬은 대답 대신 만리응을 통해 전해진 서찰을 건넸다.

차분한 눈길로 서찰을 읽던 몽월단주의 입가에 더없이 차가운 미소가 지어졌다.

"역시, 내 추측이 맞았군. 아무리 생각해 봐도 도저히 떠올릴 인물이 없었는데 말이야."

몽월단주가 서찰을 와락 구겼다.

"수호령주와 천강십이좌! 이곳에서 만났구나!"

어디에 내놓아도 부끄럽지 않았던, 눈에 넣어도 아프지 않을 아들의 죽음에 마음속으로 얼마나 많은 피눈물을 흘렸던가!

주검도 수습하지 못해 제대로 장례조차 치러주지 못한 것이 평생 한으로 남을 터였다.

한데 그런 아들의 원수를 전혀 예상치 못한 곳에서 만났다.

언제고 아들의 원수를 갚아줄 것이라 다짐하고는 있었지만 그 시기가 이렇게 빠를 줄은 상상도 하지 못했다.

비록 아들의 목숨을 빼앗은 당사자는 아니더라도 천강십이좌와 수호령주라면 원수와 동일하다 해도 과언은 아니었다.

기쁘고 또 기뻤다.

몽월단주의 전신에서 기쁨과 분노가 점철된 살기가 치솟았다.

금방이라도 뛰쳐나갈 것 같은 몽월단주의 손을 유섬이 낚아챘다.

"단주님!"

몽월단주의 고개가 홱 돌아갔다.

"물러나야 합니다."

"물러나? 그걸 지금 말이라고 하는 거냐?"

몽월단주가 잡아먹을 듯 매서운 눈빛으로 유섬을 노려보았다.

"루에선 수호령주를 만나게 된다면 절대로 부딪치지 말라고 했습니다. 설마 명령을 거역하려는 겁니까?"

명령이란 말에 몽월단주의 몸이 잠시 움찔했다.

"우리가 놈들을 감당할 수 없다고 보는 거냐?"

"그건 아닙니다만 배제해서도 안 된다고 봅니다. 중요한 것은 수호령주와 천강십이좌와 부딪치면 제아무리 몽월단이라도 큰 피해를 면키 어렵다는 것이지요. 물론 그만한 피해를 감수하고서라도 잡아야 하는 상대는 맞습니다만 산외산이라는 큰 적이 남아 있는 상황에서 굳이 우리가 그와 먼저 부딪칠 이유가 있을지 의문입니다. 우리가 아니더라도 어차피 그는 야수궁, 즉, 산외산과 부딪치게 되어 있지 않습니까?"

유섬은 몽월단주를 설득하기 위해 필사적이었다.

몽월단주는 그런 유섬을 물끄러미 응시했다.

구구절절 옳은 말이다.

하지만 충고를 받아들이기엔, 명령을 따르기엔 아들의

원수를 눈앞에 둔 지금 복수를 해야 한다는 본능이 너무 크게 자리하고 있었다.

몽월단주가 유섬의 충고를 무시하고 검을 움켜잡았을 때 또 한 마리의 만리응이 유섬의 어깨에 안착했다.

유섬은 전광석화와 같은 손놀림으로 만리응의 다리에 달린 통을 빼서 그 안에 든 서찰을 펼쳤다.

서찰을 읽는 유섬의 눈동자가 크게 흔들렸다.

"보시지요. 루주께서 보내셨습니다. 지금 상황을 예측이라도 하신 듯하군요."

유섬이 감격한 음성으로 소리치며 서찰을 건넸다.

루주가 보냈다는 말에 본능에 사로잡혔던 몽월단주의 뇌리에 차갑게 식은 이성이 살짝 발을 들여놓았다.

몽월단주가 무거운 표정으로 유섬이 건네 서찰을 받아 들었다.

얼마 되지 않는 내용임에도 몽월단주는 한참 동안이나 서찰을 내려놓지 못했다.

몇 번이나 읽고 또 읽어도 내용은 변함이 없었다.

"명령이 아닙니다. 당부입니다. 그리고 부탁입니다. 루주께서 단주님을, 아니, 형님을 얼마나 염려하고 아끼시면 이런 서찰을 보내셨겠습니까? 물러나야 합니다. 군자의 복수는 십 년이 걸려도 늦지 않는다고 했습니다."

"그렇구나. 루주께서 참으로 과분한 사랑을 주셨구나. 하지만 루주님도 너도 모르는 것이 하나 있다."

몽월단주가 서찰을 곱게 접어 품에 넣었다.

"그게 무엇입니까?"

"지금 상황은 우리가 물러나고 싶다고 물러날 수 있는 상황이 아니라는 것이다."

"예?"

"수호령주의 입장에선 우리가 그들의 원수일 테니까."

유섬이 이해할 수 없다는 얼굴로 두 눈을 꿈뻑이자 몽월단주가 희미하게 웃으며 말했다.

"친우의 집을 초토화시키고 그의 목숨을 노렸다. 나라면, 우리라면 어찌할까? 친우의 복수를 대신 해줄 이런 좋은 기회를 그냥 놓칠까?"

유섬은 쉽게 대답하지 못했다.

"아니, 애당초 수호령주와 우리는 물과 기름 같은 사이다. 그냥 지나칠 수가 없어."

"그, 그렇긴 합니다만……."

유섬이 자신도 모르게 고개를 끄덕였다.

"그리고 정말 중요한 또 한 가지."

몽월단주의 전신에서 범접할 수 없는 기운이 뿜어져 나오기 시작했다.

"난 절대로 수호령주에게 지지 않는다. 그건 몽월단 역시 마찬가지다."

"그건 당연합니다."

유섬이 단호히 외쳤다.

몽월단주의 패배는 상상조차 해본 적이 없었다.

"고로 우리가 부딪치는 것은 필연이다."

몽월단주는 그렇게 결정을 내렸다.

"결정한 모양이군."

연거푸 두 마리의 전서구가 내려앉는 것을 보며 몽월단이 퇴각할 수도 있다는 생각을 하고 있던 진유검은 주춤하던 몽월단주와 몽월단이 기세를 올리며 접근하기 시작하자 입가에 진한 미소를 띠었다.

"귀찮게 쫓지 않아도 되겠네요."

여우희가 허리춤에서 연검을 빼 들며 말했다.

천목을 통해 몽월단이 어떤 의도를 가지고 무이산을 초토화시키고 천마신교의 본진까지 노렸는지를 파악하게 된 진유검과 일행은 몽월단이 설사 퇴각을 한다고 해도 무사히 돌려보낼 생각이 전혀 없었다.

그들이 남궁세가를 떠나 남하한 이유가 몽월단 때문은 아니나 애당초 루외루와 그들은 양립할 수 없는 존재였다.

기회가 될 때마다 싹을 잘라놓는 것은 당연지사.

게다가 그 적은 인원으로 무이산을 초토화시킬 정도라면 루외루에서도 차지하는 비중이 상당할 터.

제대로만 되면 루외루에 씻을 수 없는 상처를 안길 수도 있었다.

"상당히 강한 놈들입니다. 포위 공격을 당하면 위험할 수 있으니 최대한 주의를 하세요."

진유검이 몽월단원들의 실력을 한눈에 파악하곤 경고를 하였다.

안개 속에서의 암습으로 인원을 다소 줄이긴 하였으나 여전히 적의 수는 삼십이 넘었다.

몽월단 개개인의 실력을 감안했을 때 아무리 천강십이좌가 뛰어난 무공을 지니고 있다고 하더라도 분명 부담되는 숫자였다.

"특히 넌 더욱 조심해야 돼. 멈추면 당한다."

진유검이 백보운제를 펼치기 위해 발걸음을 내딛고 있는 전풍 돌아보며 말했다.

"걱정도 팔잡니다, 주군. 저런 놈들에게 당할 정도로 약하지 않습니다."

가소롭다는 듯 퉁명스레 쏘아붙인 전풍이 몸을 빙글 돌려 달리기 시작했다.

전장에서 멀어지는 전풍의 모습을 확인한 몽월단의 누군가의 입에서 야유가 터져 나왔다.

"훗, 그 야유가 곧 곡소리로 변한다는 것에 내 양 손목을 걸지."

곽종이 피식 웃으며 목을 돌리고 손가락을 우두둑 꺾었다.

"그럼 시작하겠습니다."

진유검의 허락을 얻은 곽종이 먼저 치고 나갔다.

그를 맞이하기 위해 공손엽을 비롯하여 몽월단 이조가 움직였다.

진유검에게 당한 어깨 부상이 상당히 중했음에도 공손엽은 옷을 찢어 부상 부위를 대충 묶는 것으로 응급조치를 마치고 조원들을 이끌었다.

정상적인 몸 상태일 때의 움직임이야 나올 수는 없었으나 부상 투혼을 발휘하는 것만으로도 조원들의 사기를 끌어 올리기엔 충분했다.

꽝!

곽종이 맹렬하게 휘두른, 강기에 둘러싸인 주먹과 공손엽의 검이 허공에서 부딪쳤다.

강렬한 충돌음과 함께 공손엽의 몸이 휘청거렸다.

확실히 부상의 여파가 큰 듯싶었다.

단숨에 승기를 잡은 곽종이 끝장을 내겠다는 듯 연속적으로 주먹을 내질렀다.

미처 중심을 잡지 못한 공손엽이 본능적으로 검을 뻗었다.

위기에 빠졌음에도 표정엔 흐트러짐이 없었다.

절체절명의 순간, 공손엽의 좌우에서 번개처럼 나타난 검이 곽종의 권격을 막아내고 공손엽의 머리 위에서, 그리고 어느새 돌아갔는지 곽종의 배후에서 모습을 드러낸 또 다른 검이 엄청난 속도로 짓쳐 들자 상황은 순식간에 역전되었다.

곽종은 자신의 공격이 너무 성급했음을 후회하며 공손엽에게 향했던 주먹을 재빨리 회수했다.

꽝! 꽝!

격한 충돌음과 함께 좌우에서 곽종을 공격했던 몽월단원들이 힘없이 튕겨져 나갔다.

배후에서 짓쳐 들던 공격도 연속적인 움직임으로 무위로 만들었다.

다만 가장 느리면서도 어쩌면 가장 강력한 공손엽의 검과 그와 보조를 맞춰 나란히 밀려드는 검은 막아내기가 쉽지 않았다.

곽종이 이를 꽉 깨물었다.

'피하긴 늦었다. 살을 주고 뼈를 취한다.'

다소간의 부상을 감수하며 강하게 반발하려는 찰나, 뭔가가 어깨를 스치며 지나간다 싶더니 공손엽의 머리 위에서 자신을 노리던 적의 몸이 그대로 튕겨져 나갔다.

공손엽과 합공을 하던 사내가 외마디 비명을 지르며 고꾸라지자 비로소 주변에 일진광풍이 불었다.

"쯧쯧, 그렇게 방심하다간 염라대왕을 만나러 갑니다. 조심하쇼."

곽종의 위기를 구하고 눈 깜짝할 사이에 사라지는 전풍.

곽종은 고맙다는 말도 하기 전에 다시금 적의 공세에 시달리기 시작했다.

하지만 방금 전과 같은 위기는 없었다.

전풍의 말대로 자신도 모르게 방심을 했다가 큰 위기에 빠졌던 곽종은 전에 없이 진지한 자세로 싸움에 임했고 두 주먹에서 쏟아져 나오는 패철연쇄권은 그의 몸을 지키기에 충분한 무공이었다.

"좋은 기회를 놓쳤군요."

곽종이 위기에서 벗어나는 것을 확인한 유섭은 아쉬움을 감추지 못했다.

"기회야 언제든지 오는 것이다. 다만 저런 날파리가 날뛰면 확실히 좋지 않지."

몽월단주의 싸늘한 시선이 전장을 헤집고 다니는 전풍을 쫓았다.

개활지가 다소 좁은 탓에 행동반경이 생각보다 넓지는 않았지만 그 누구도 전풍의 가공할 속도를 따라잡지 못했다.

곽종이 나름 고전하는 것과 비교해 전풍은 이미 두 명의 몽월단에게 상당한 부상을 안겼다.

"우선은 저놈부터 잡는다."

몽월단주가 손을 내밀자 유섬이 단검 아홉 자루를 그에게 건넸다.

수호령주와 그를 수행하는 전풍에 대한 정보는 루외루의 무인들이라면 누구나 숙지하고 있는 것이다.

특히 번개처럼 빠른 경공술을 이용하여 전장을 교란하는 전풍은 수호령주만큼이나 위험한 적으로 간주되었고 누구보다 먼저 제거해야 하는 요주의 인물로 단단히 낙인찍힌 상태였다.

방금 전 상황만 해도 전풍의 도움이 아니었다면 곽종은 부상을 면치 못했을 터였다.

몽월단주가 곁눈으로 전풍을 의식하며 천천히 걸음을 움직였다.

진유검은 몽월단주가 당연히 자신을 상대하기 위해 움직

이는 것이라 여기며 그를 맞이하기 위해 걸음을 옮겼다.

몽월단주가 손에 든 단검을 뿌렸다.

바라보고 있는 곳은 진유검이었지만 정작 단검이 날아간 방향은 개활지 뒤쪽으로 크게 우회하여 다시금 전장으로 달려오는 전풍이었다.

마치 그물을 던지듯 부채꼴 모양으로 확 펼쳐지며 날아가는 단검을 본 진유검의 안색이 확 변했다.

백보운제를 펼치고 있는 전풍이라면 그 어떤 고수라도 쉽게 잡을 수 없겠지만 지금 전풍은 몽월단주의 공격을 전혀 예상치 못하고 있었고, 주변 곳곳에 장애물이 많아 백보운제의 진정한 실력을 발휘할 수 없었다.

그런 상황에서 몽월단주의 실력은 전풍에겐 재앙과 같은, 도저히 감당할 수 있는 수준의 것이 아니다.

위기임을 직감한 진유검이 곧바로 몸을 날렸다.

하지만 진유검의 움직임은 유섬 등에 의해 가로막혔다.

유섬을 비롯해 지금 진유검 앞을 가로막고 있는 여덟 명의 몽월단원은 몽월단에서도 고참급으로 가장 많은 경험과 뛰어난 무공을 자랑하는 이들이다.

진유검이 아무리 막강한 무공을 지니고 있다고 하더라도 일순간에 그들을 제거하고 전풍을 구하기란 사실상 불가능했다.

그 불가능을 반드시 가능케 해야 했다.

"꺼져랏!"

진유검의 입에서 전장을 뒤흔드는 사자후가 폭발했다.

55장

불을 지피다

　남궁세가와 강남 무림의 연합군이 진을 치고 있는 묘인산 협곡.

　이미 동이 튼 동녘의 하늘은 조금씩 밝아지고 있었으나 워낙 깊은 산중인지라 진중은 아직도 깊은 어둠에 빠져 있었다.

　명(明)과 암(暗)의 경계선.

　고금을 망라하고 바로 이 순간이 방심을 부르기 가장 좋은 때이고 경계가 취약할 시간이다.

　묘인산 북쪽, 진보정에 숨어 있던 야수궁의 선발대가 바로 그 틈을 파고들기 시작했다.

"아~ 함!"

남궁세가와 강남 무림 연합군 진영의 북쪽 외곽에서 경계를 서고 있던 중검문의 제자 천송의 입에선 연신 하품이 흘러나왔다.

그와 조를 이뤄 경계를 서야 하는 우건은 나뭇등걸에 기대어 앉아 꾸벅꾸벅 졸고 있었다.

우건의 발밑으로 한 자 길이의 뱀 한 마리가 슬며시 기어왔다.

묵빛의 섬뜩한 눈빛, 양쪽으로 갈라진 붉은 혓바닥을 조심스레 날름거리며 접근하는 뱀의 움직임은 더없이 은밀했지만 우건의 기감은 그보다 더 기민했다.

뱀이 발끝에 채 접근하기도 전 번쩍 눈을 뜨고 튕기듯 뒤로 물러났다.

"왜 그럽니까?"

하품을 하고 있던 천송이 깜짝 놀라 물었다.

"뭔가 느낌이 이상해서 말이야."

우건이 잠시 움직임을 멈추고 있는 뱀을 가리키며 안도의 숨을 내뱉었다.

"쯧쯧, 고작 뱀 한 마리에 그리 놀랍니까? 딱 보니 독도 없게 생겼고만."

천송이 어이없다는 얼굴로 혀를 찼다.

"뭘 모르네. 봐봐. 대가리가 세모꼴인 걸 보니 독이 올라도 잔뜩 오른 독사야. 저런 놈에게 물리면 골로 간다고."

우건이 칼집으로 뱀을 툭툭 건드리며 말했다.

"흐흐흐, 대신 이런 놈을 잡아 몸보신을 하면 기가 막히지."

"몸보신을 하면 뭐합니까? 쓸데도 없는 것을."

퉁명스레 대꾸는 했지만 천송 또한 솔깃한 표정을 감추지 못했다.

"적당한 때를 봐서 구워 먹자고."

우건이 칼집으로 뱀 대가리를 가볍게 누르며 씨익 웃었다.

바로 그 순간, 쉬익 하는 날카로운 소리와 함께 칼집에 눌렸던 뱀이 허공으로 도약했다.

설마하니 뱀이 치솟을 줄 몰랐던 우건이 기겁하며 물러났다.

하지만 뱀의 움직임이 너무 빨랐다.

"크윽!"

우건의 입에서 짤막한 신음이 흘러나왔다.

그런 우건의 손등에서 피가 흘러나오고 있었다.

"괜찮습니까?"

천송이 황급히 물었다.

"괜찮아. 이 쌍놈의 뱀을 당장 쳐 죽이고 만다."

사내는 도망가지도 않고 머리를 처들고 있는 뱀을 후려치려는 듯 칼집을 치켜세웠다.

"어어……."

우건의 입에서 당혹스런 신음이 흘러나왔다.

어찌 된 일인지 정신이 아득해지며 온몸에 힘이 빠졌다.

중심을 잡지 못하고 휘청거리는 우건.

천송이 고꾸라지려는 우건의 몸을 황급히 낚아챘다.

"왜 그럽니까, 사형?"

대답은 없었다.

두 눈을 부릅뜬 우건의 입에선 허연 거품이 흘러나오고 손등을 중심으로 이미 전신의 혈맥이 시꺼멓게 변색된 채였다.

"사형! 사형!"

청송은 다급히 우건의 이름을 부르며 몸을 흔들었다.

하지만 어느새 숨이 끊어진 우건은 아무런 대꾸도 하지 못했다.

청송이 분노에 가득 찬 얼굴로 칼을 꺼내 들었다. 그리곤 우건을 죽음으로 몬 뱀을 난도질하기 위해 몸을 돌렸다.

"마, 맙소사!"

청송의 몸이 그대로 굳었다.

숲을 가득 채우고 밀려드는 검은 그림자.

수백, 아니, 수천 마리의 뱀이 혀를 날름거리며 뒤엉켜 기어오는 모습에 청송의 얼굴이 거대한 공포로 물들었다.

우건을 죽음으로 몰아넣은 뱀이 그런 청송의 종아리를 날카롭게 물고 지나갔다.

그것을 시작으로 아직 깊은 잠에서 깨어나지 못한 남궁 세가와 강남 무림 연합의 진영은 지금껏 겪어보지 못한 공격을 받기 시작했다.

"대체 무슨 일이냐?"

갑작스레 들려오는 비명 소리에 놀란 남궁결이 의복도 제대로 갖추지 못하고 뛰쳐나오며 소리쳤다.

"정확히는 모르겠습니다만 아무래도 적이 공격을……."

호위대장 남궁상이 딱딱히 굳은 얼굴로 대답했다.

"무슨 말도 안 되는 소리! 아무리 빨라도 오후는 되어야 도착할 수 있는……."

말을 끝마치기도 전에 들려오는 비명 소리에 남궁결은

어쩌면 자신이 큰 착각을 하고 있을 수도 있다는 생각을 했다.

협곡의 북쪽, 중검문과 형산파 등이 진을 치고 있는 곳에서 들려오는 비명 소리는 다급해도 보통 다급한 것이 아니었다.

그때 중검문의 제자가 공포에 질린 얼굴로 달려왔다.

"기습인가?"

남궁상이 다급히 물었다.

"그, 그렇습니다. 수천 마리의 뱀 떼와 거대한 벌들이 마구 공격을 퍼붓고 있습니다. 독성이 워낙 강해서 물리거나 쏘이면 속수무책입니다."

"뭐라고?"

남궁결이 경악한 얼굴로 되물었다.

"뱀과 벌입니다."

"빌어먹을! 역시 야수궁인가?"

"그, 그건 잘 모르겠습니다."

"따르라."

검을 든 남궁결이 아수라장으로 변해 버린 북쪽 진영으로 달려갔다.

남궁결이 중검문 등이 위치한 진영에 도착했을 때 상황은 최악의 위기는 넘긴 듯싶었다.

짧은 순간임에도 피해가 상당했는지 곳곳에 무수한 시신이 쓰러져 있었으나 그보다 몇 배나 많은 뱀이 반 토막이 되어 꿈틀대고 있었다.

다만 뱀보다 숫자도 훨씬 많고 자유롭게 움직이는 금황봉이 여전히 기세를 떨치고 있다는 것이 심각한 문제였다.

물리는 즉시 다섯 걸음도 떼지 못하고 목숨이 끊기는 뱀보다는 약했지만 금황봉 역시 치명적인 독을 지닌 것은 마찬가지였다.

취릿!

남궁상의 검이 번개처럼 움직이고 그들 주변으로 사분오열된 금황봉의 조각들이 꽃가루처럼 흩날렸다.

"빨리 대책을 세워야 할 것 같습니다."

남궁상은 맹위를 떨치는 금황봉을 보며 잔뜩 긴장된 표정을 지었다.

그들이 이끌고 온 남궁세가 제자들 중 두 명이 벌써 금황봉에 쏘여 쓰러졌다.

금황봉에 쏘인 제자들이 바닥을 구르며 고통에 몸부림치는 것을 보자 한순간의 실수가 치명적인 결과로 이어질 수 있다는 두려움이 일었다.

"가주!"

중검문주 염고한이 헐레벌떡 달려왔다.

"부상을 당하신 겁니까?"

남궁결이 염고한의 옷에 묻은 얼룩을 보며 황급히 물었다.

"아니오. 독사들을 베다가 놈들의 피가 묻은 것뿐이라오."

"다행입니다. 피해는 어떻습니까?"

"생각보다 크오. 놈들의 이동 경로에 자리하고 있어서 그런지 본 문이 가장 먼저 공격을 당한 것 같소이다."

염고한이 낭패스런 표정으로 말했다.

"안타까운 일입니다."

"그래도 저 빌어먹을 뱀들은 어느 정도 정리가 되었소. 무황성 쪽에서 방법을 찾았다고 하는 것 같으니 저 벌들도 곧 쫓아버릴 수 있을 것 같소."

"무황성에서요?"

"그렇소. 당가의 식솔들이 움직이는 것 같소."

"아! 그들이라며 믿어도 되겠군요."

당가라는 말에 남궁결의 얼굴이 활짝 펴졌다.

당금 무림에 독과 독물에 관해서 당가만큼 정통한 곳을 찾아보기 힘들기 때문이었다.

그들의 기대대로 당가의 인물들은 금황봉을 퇴치하는 데

성공했다.

방법은 의외로 간단했다.

진영 곳곳에서 피워놓고 있던 화톳불을 모조리 쓰러뜨려 연기를 피우고 그 연기 안에 당가에서 독물을 채집할 때 쓰던 마비산을 섞은 것이다.

마비산이 섞인 연기를 마신 금황봉이 기절하여 바닥으로 떨어지거나 하지는 않았지만 움직임이나 공격성이 확연히 둔해졌다.

그만큼 피해가 줄었고 진영을 가득 매우고 있던 금황봉의 수도 빠르게 줄어들더니 곧 숲으로 사라졌다.

온갖 악을 써가며 금황봉을 쫓던 이들은 마비산에 취한 금황봉이 순식간에 자취를 감추자 저마다 안도의 한숨을 내쉬며 금황봉을 물리쳤고, 결정적인 수훈을 세운 당가의 무인들을 앞다투어 칭찬했다.

바로 그 순간, 거대한 폭발음이 연속적으로 들리기 시작했다.

꽝! 꽝! 꽝!

금황봉을 쫓느라 피운 연기가 진영을 가득 덮고 있었기에 명확히 확인되는 것이 없었다.

분명한 것은 연속적으로 폭발음이 들렸고 그 폭발 뒤에는 어김없이 처참한 비명이 들려온다는 것이다.

남궁상과 호위무사들은 곧바로 남궁결을 에워쌌다.

중검문의 무인들 역시 염고한을 보호하기 위해 잔뜩 신경을 곤두세웠다.

"보고드립니다."

연기를 뚫고 중검문 제자의 복장을 한 사내가 모습을 드러냈다.

"야수궁의 공격이……."

사내는 미처 말을 끝맺지 못하고 튕겨져 나갔다.

"가주!"

염고한이 놀란 얼굴로 남궁결을 불렀다.

"저자에게서 미세한 살기가 느껴졌습니다."

"그럴 리가 없소."

믿기 힘들다는 얼굴로 사내를 살피던 염고한의 표정이 이상하게 변했다.

분명히 중검문 제자의 복장을 하고 있었지만 단 한 번도 본 적이 없는 얼굴이다.

바닥에 쓰러진 사내는 가슴에 박힌 검을 움켜잡으며 몸을 일으키기 위해 발악을 했으나 이내 움직임을 멈췄다.

그와 동시에 사내의 품에서 섬광이 일며 폭발이 일어났다.

폭사의 위기에서 벗어난 염고한의 얼굴에 감탄의 빛이

떠올랐다.

남궁상은 호위대장으로서 본분을 다하지 못했다는 부끄러움에 고개를 떨궜다.

그 짧은 순간, 아무도 눈치채지 못한 사내의 살기를 오직 남궁결만이 파악을 했다.

만약 사내를 접근시켰다면 폭발의 위력을 감안했을 때 남궁결은 몰라도 주변 호위무사 대부분은 목숨을 잃었을 터였다.

"자살 공격이라니! 야수궁 놈들이 참으로 저열한 방법을 쓰고 있소이다."

염고한은 사람의 목숨을 한낱 도구로 여기는 야수궁의 만행에 치를 떨었다.

"하지만 효과는 있었던 것 같군요."

남궁결은 곳곳에서 들려오는 참담한 울음소리에 이를 꽉 깨물었다.

남궁결과 염고한을 노렸던 폭발을 끝으로 더 이상의 폭발음은 들려오지 않았다.

금황봉을 쫓기 위해 쓰러뜨렸던 화톳불의 불씨를 완전히 제압하자 진영을 휘감은 연기도 빠르게 사라졌다.

반각도 되지 않는 시간, 폭풍처럼 나타났다가 사라진 독사 떼와 금황봉, 그리고 몇몇 암살자의 자폭 공격은 남궁세가와 강남 무림 연합군에게 엄청난 피해를 안기며 끝이 났다.

폭풍과도 같은 공격이 끝난 후, 연합군의 수장들이 한자리에 모였다.

예상치 못한 적의 기습에 회의장의 분위기는 당황스러움과 분노로 가득했다.

"자폭 공격에 당했다고 들었습니다. 괜찮습니까?"

남궁결이 안색이 창백한 번강을 보며 걱정 가득한 얼굴로 물었다.

"부끄럽습니다. 혼란 통에 본 문의 제자로 위장하여 접근했다는 것을 미처 파악하지 못했습니다."

번강이 낯빛을 붉히며 말했다.

"그래도 그만하길 다행이오. 놈들의 자폭 공격을 제대로 당하고 살아남은 사람이 몇 되지 않소이다."

그중 한 사람이었던 자청포가 진심 어린 염려를 보냈다.

"대단한 놈들이었습니다. 그렇듯 철저하게 살의를 지우고 접근하다니 말입니다."

"맞소. 죽음에 대한 두려움이 있었다면 절대로 할 수 없는 일이오. 조금이라도 불순한 의도를 내보였다면 아무리 혼란스런 상황이라도 이렇게 큰 피해를 당하지는 않았을 것이외다."

적의 자폭 공격에 당한 자들 대부분이 남궁세가와 강남 무림 연합군의 중추적인 인물들이었다.

다행히 남궁결과 번강, 자청포 등은 큰 피해 없이 무사히 위기를 벗어났다.

신분이 노출되어 아예 시도조차 하지 못한 사례를 제외 하면 목표가 된 이들 중 여섯 명이 목숨을 잃었고 일곱 명 이 큰 부상을 당했다.

더불어 그들과 함께 있다가 피해를 당한 이들도 부지기 수였으니 독사 떼와 금황봉에 당해 쓰러진 육십여 명의 희 생자까지 더한다면 가히 재앙과 같은 피해라 할 수 있었 다.

"피해도 피해지만 마음에 걸리는 것이 있습니다."

자운산의 말에 그렇잖아도 좋지 않았던 분위기가 더없이 무거워졌다.

"무엇입니까?"

남궁결이 굳은 얼굴로 물었다.

"혼란을 틈타 잠입한 암살자의 수는 대략 스무 명 정도로 보입니다. 놀랍게도 그들은 각 문파의 핵심적인 인물들을 노렸습니다."

"노리려면 당연히 머리를 노리는 것이지. 뭐가 이상하다는 것이냐?"

자청포가 미간을 찌푸리며 물었다.

"놈들이 어찌 알았을까요?"

"어찌 알다니?"

"그들이 어디에 있는지 놈들이 어떻게 알았느냐는 것입니다. 그것도 이렇게 어둡고 혼란스러운 상황에서 말입니다."

"무슨 말을 하고 싶은 게냐?"

자청포가 함부로 말을 해선 안 된다는 눈빛을 보냈지만 자우산은 거침이 없었다.

"결과만 놓고 보았을 때 아군의 정보가 노출되었다고 밖에 생각할 수가 없습니다."

"간자가 숨어 있단 말이오?"

운선장(雲仙蔣) 장주 효문이 눈썹을 부르르 떨며 묻자 자우산이 침착히 되물었다.

"그렇게 생각합니다. 제가 억측을 하는 것입니까?"

"흠, 확실히 이상하기는 하오."

효문이 심각한 얼굴로 고개를 끄덕였다.

"노부가 생각하기에도 일리가 있는 말 같소."

염고한이 자우산의 말에 동의를 표했다.

모인 이들 중 가장 어리나 호전적이기론 따를 자가 없다
는 대호문(大虎門)의 문주 철연심이 덩치에 어울리지 않는
신중한 표정으로 입을 열었다.

"어쩌면 단순히 간자가 숨어든 것이 아닐 수도 있습니다.
무황성에서의 일을 간과해서는 안 된다고 봅니다."

순간, 무황성에서 벌어진 일을 떠올린 수뇌들의 낯빛이
하얗게 변했다.

"하면 철 문주는 우리들 중 누군가가……."

자청포는 차마 말을 잇지 못했다.

생각만으로도 참담한 일이나 정황상 완전히 부정할 수도
없기에 뭐라 할 말이 없었다.

모두의 심정이 자청포와 같았다.

그때였다.

있는 듯 없는 듯 조용히 앉아 있던 노인이 엷은 헛기침과
함께 입을 뗐다.

"믿읍시다."

회의장에 모인 이들의 시선이 노인에게 쏠렸다.

회의에 잘 참석하지도 않을뿐더러 참석했다고 해도 남궁
결을 배려해서인지 어지간해선 의견을 내세우지 않는 남궁
세가의 대원로 남궁판(南宮判)이 부드러운 음성으로 말을
이었다.

"적들의 치밀함과 교묘함을 감안했을 때 철 문주의 추측도 충분히 가능한 것이라 봅니다만 적이 눈앞에 와 있는 지금, 사소한 의심은 큰 분열을 야기할 수 있습니다. 어떠한 상황에서도 서로에 대해 믿음을 굳건히 하고 하나로 뭉쳐 적을 상대해야 합니다. 그래도 승부를 장담할 수 없을 정도로 강한 적이 바로 야수궁입니다."

담담히 이어지는 남궁판의 음성에 다들 무언의 동조를 보냈다.

"무엇보다 이 늙은이는 믿습니다. 이곳에 모인 분들 모두가 자신이나 문파, 세가의 영달이 아니라 오직 무림을 위해 한목숨 바치겠다는 각오로 나선 진정한 의협들이라는 것을요."

"암요. 백번 옳으신 말씀입니다."

자청포가 가슴을 탕탕 치며 소리쳤다.

그 음성이 어찌나 호방하고 시원했는지 불안감과 근심에 사로잡혔던 모두의 입가에 미소가 지어졌다.

"죄송합니다. 제가 쓸데없는 말을 한 것 같습니다."

철연심이 뒤통수를 벅벅 긁으며 사죄했다.

"아닙니다. 분명히 가능성이 있는 얘기였습니다. 조심해서 나쁠 것은 없지요. 다만 지금은 그런 의심보다는 서로에 대한……."

남궁결의 말은 멀리서 달려오는 전령의 외침에 끊기고 말았다.

"가주님!"

그 어느 때보다 다급한 음성에 남궁결의 표정이 심각하게 변했다.

"무슨 일이냐?"

남궁상이 전령을 막아서며 물었다.

전령은 헐떡이는 숨도 고르지 못하고 보고를 올렸다.

"적이, 적이 오고 있습니다."

"적이라니! 설마 야수궁이란 말이냐?"

"그, 그렇습니다. 이미 십 리 밖에까지 도착한 것으로 확인되었습니다."

"맙소사! 십 리라니!"

남궁결의 입에서 비명과도 같은 외침이 터져 나왔다.

무인들에게 십 리 정도의 거리라면 반각도 되지 않는 거리.

그 말인즉, 이미 적이 도착했다는 말과 다름없었다.

"어째서 이제야 보고가 올라온단 말이냐? 야수궁의 움직임을 감시하던 놈들은 대체 뭘 하고!"

남궁결의 노호성이 하늘을 울렸지만 전령은 아무런 대답도 하지 못했다.

"이럴 때가 아니네, 가주. 적을 맞이할 준비를 해야 하지 않겠나?"

남궁판이 남궁결을 진정시켰다.

"예, 당숙조님. 부끄러운 모습을 보였습니다."

남궁판에게 고개를 숙인 남궁결이 다급한 표정이 역력한 수뇌들을 향해 소리쳤다.

"반각 이내로 적이 도착할 것입니다. 생각보다 빠른 움직이지만 변한 것은 없습니다. 당황하지 않고 기존의 계획대로 놈들을 상대하면 반드시 승리할 수 있을 것입니다."

"걱정 마시오, 가주. 이 늙은이가 놈들의 예봉을 철저하게 꺾어버리겠소이다."

자청포가 호기롭게 소리쳤다.

"중검문도 준비는 끝났소."

"대호문의 무서움을 똑똑히 보여줄 것입니다."

각 문파의 수뇌들의 격한 호응은 밖에서 대기하고 있던 제자들의 가슴에까지 거대한 불을 지폈고 묘인산 협곡을 뜨겁게 달구기 시작했다.

*   *   *

곽종을 위기에서 구하고 기분 좋게 전장을 헤집고 다니던 전풍은 뭔가 섬뜩한 기운에 고개를 홱 틀었다.

전풍의 표정이 일그러졌다.

아홉 자루의 단검이 움직일 수 있는 거의 모든 방위를 차단하며 엄청난 속도로 날아들고 있었다.

위기감을 느낀 전풍이 백보운제를 극성으로 펼쳤다.

전풍의 신형이 거의 빛살처럼 움직이기 시작했지만 몽월단주의 의지가 깃든 단검은 살아 있는 생물처럼 집요하게 전풍의 뒤를 쫓았다.

인간의 움직임이 아무리 빠르다고 한들 한계가 있는 법이고 결국 몇 자루의 단검이 전풍을 따라잡았다.

순간, 전풍의 손이 교묘하게 흔들리며 전대 무영도주에게 배운 연화장이 시전됐다.

진유검이 사용하는 연화장과는 모든 면에서 차이가 있었지만 접근한 단검을 부드럽게 밀어내거나 슬쩍슬쩍 흘려보내기엔 충분했다.

다만 그사이 몸의 속도가 떨어졌고 그 바람에 나머지 단검까지 따라붙었다.

전풍이 다급히 팔을 휘둘렀다.

연속적으로 펼쳐진 연화장이 맹렬히 짓쳐 드는 단검을 후려쳤다.

꽝! 꽝! 꽝!

둔탁한 충돌음과 함께 방향을 잃은 단검이 힘없이 튕겨져 나갔다.

'빌어먹을!'

전풍의 얼굴이 일그러졌다.

연화장을 이용하여 막아내기는 했지만 단검에 실린 몽월단주의 기운이 너무 강력했다.

손은 물론이고 어깨까지 저릿한 느낌이 이어졌다.

충격의 여파로 경공의 속도가 현저하게 느려졌다.

그 상태만으로도 여전히 빨랐지만 이전의 속도에 비하면 거북이 걸음이나 다름없었다.

무엇보다 심각한 문제는 단검을 이용해 전풍의 발을 느리게 만드는 데 주력한 몽월단주가 전풍의 이동경로를 미리 예측하여 차단하는 데 성공했다는 것이다.

보는 것만으로도 숨이 막힐 정도로 무시무시한 패기를 뿜어내는 몽월단주의 모습에 전풍의 안색이 전에 없이 심각하게 변했다.

힐끗 고개를 돌려 주변을 살폈다.

천강십이좌들은 몽월단의 합공을 맞아 치열한 싸움을 펼치고 있었고 진유검 또한 적들에 의해 발걸음이 묶인 상태였다.

도움을 전혀 기대할 수 없는 상황임을 인식하자 오히려 오기가 생겼다.

"젠장! 어차피 죽기밖에 더하겠어!"

몸을 돌리거나 방향을 완전히 틀기엔 거리가 너무 가까웠다.

무리하다 속도가 더 느려지면 끝장이다.

그럴 바에야 더욱 속도를 높여 정면돌파를 하는 것이 상대의 공격에서 벗어날 가능성이 높았다.

전풍은 이를 꽉 깨물고 내딛는 발걸음에 더욱 힘을 실었다.

한 걸음, 한 걸음 내딛을 때마다 전풍의 움직임에 가속이 붙었고 속도 또한 처음만큼이나 빨라졌다.

전풍의 속도가 최고조에 이르렀을 때 몽월단주가 그를 향해 검을 움직였다.

정면으로 맞설 수는 없다고 판단한 전풍이 달려가는 속도를 죽이지 않고 그대로 몸을 흔들자 순식간에 생겨난 잔상(殘像)이 몽월단주의 시야를 어지럽혔다.

눈앞에 펼쳐진 무수한 잔상에 몽월단주도 조금은 당황한 듯 보였다.

하지만 이내 침착함을 되찾고 더욱 냉정한 눈빛으로 전풍의 신형을 쫓은 몽월단주가 연속적으로 검을 휘둘렀다.

검에서 뻗어 나온 수십, 수백 가닥의 강기가 공간을 장악하며 전풍이 만든 잔상을 모조리 베기 시작했다.

수많은 잔상이 삽시간에 사라지고 마침내 하나의 실체만 남았을 때 전풍의 전력이 담긴 장력이 몽월단주를 향해 뿌려졌다.

허공에 피어난 다섯 개의 연화(蓮花).

만약 진유검이 이 모습을 봤으면 탄성을 내지르며 박수를 쳤을 것이다.

궁극의 연화장을 펼치게 되면 일곱 개의 연화가 허공을 수놓게 되지만 다섯 개의 연화만으로도 그 위력은 태산을 뒤흔들 정도다.

평소 아무리 발버둥 쳐도 네 개 이상의 연화를 만들지 못했던 전풍은 절체절명의 위기에서 마침내 다섯 개의 연화를 피워냈다.

전풍의 입가에 회심의 미소가 지어졌다.

죽음의 위기에서 한 단계 발전한 자신이 그렇게 대견할 수가 없었다.

하지만 전풍은 눈앞의 상대가 누군지 간과하고 있었다.

루외루에서도 다섯 손가락 안에 꼽힐 정도며 진유검마저 인정하고 경고를 할 정도의 고수.

연화장이 아무리 절세의 절학이라고 해도 극성에 이르지 못한, 다섯 개의 연화로는 몽월단주의 검을 막아낼 수가 없었다.

퍽! 퍽! 퍽!

찬바람에 쓸쓸히 떨어지는 낙엽처럼 허공을 수놓았던 연화가 하나둘 힘없이 사라지고 연화가 사라질 때마다 전풍의 몸이 거칠게 흔들렸다.

마침내 모든 연화가 흔적도 없이 소멸된 후, 몽월단주의 검이 전풍의 몸을 훑고 지나갔다.

"크흑!"

외마디 비명과 함께 전풍의 신형이 끊어진 연처럼 힘없이 날아갔다.

땅에 떨어진 뒤, 한참이나 나뒹굴며 수풀 속에 처박힌 전풍은 이미 피투성이가 되어 있었다.

코와 입에서 붉은 선혈이 흘러나왔고 난도질당한 전신의 상처 곳곳에서 피가 솟구쳤다.

"한 놈은 잡았고."

검을 늘어뜨린 몽월단주는 당장 숨이 끊어진다고 해도 이상하지 않을 만큼 미약한 숨결을 내뱉고 있는 전풍을 잠시 바라보다 몸을 돌렸다.

"안 돼!"

진유검의 입에서 참담한 외침이 터져 나왔다.

그의 시선 끝, 몽월단주의 검에 무참히 쓰러지는 전풍의 모습이 들어왔다.

수풀에 처박힌 전풍은 움직일 줄을 몰랐다.

느껴지는 기운 또한 급격하게 사그라들고 있었다.

머릿속이 하얗게 변했다.

전신의 피가 미친 듯이 들끓기 시작했는데 그럴수록 심장은 차가워져 갔다.

진유검의 시선이 자신의 앞을 가로막고 있는 유섬 등에게 향했다.

몽월단주가 전풍을 잡기 위해 들인 시간은 결코 길지 않았다.

그 짧은 시간을 벌기 위해 유섬과 몽월단 고참들의 희생 또한 처절했다.

무지막지하게 쏟아지는 진유검의 공격을 막기 위해 그들은 루외루에서 심혈을 기울여 창안한 연수합격술로 맞섰다.

그 옛날 제갈공명이 창안했다는 팔진법을 기초로 하여 만든 팔륜검진(八輪劍陣).

팔륜검진은 진의 구성원들 개개인의 실력을 이전보다 훨씬 증진시키는 효과를 가져왔고, 공수의 전환이 완벽에 가까울 정도로 빠르고 정확했으며 심지어 내력의 격체전이가 가능해 한 사람에게 힘을 집중시키면 상상할 수도 없는 괴력을 발휘하게 만들었다.

진유검이 앞을 가로막는 그들을 단숨에 쓸어버리지 못하고 발걸음이 묶인 것이 바로 그런 이유 때문이었다.

물론 그것도 잠시였다.

그들이 팔륜검진을 이용하여 아무리 최선을 다한다고 해도 상대는 지금껏 한계를 드러내지 않았던 진유검이다.

결국 폭뢰와 붕천으로 이어지는 연속 공격에 그토록 군건하게 보였던 팔륜검진이 속절없이 무너지고 공격의 직접적인 영향권에 있던 네 명의 단원은 그대로 숨이 끊어졌다.

살아남은 나머지 단원들의 몰골 또한 뭐라 말로 표현할 길이 없을 정도로 처참하게 변했다.

몽월단의 상징과도 같은 하얀 무복과 적색 장삼은 그들이 흘린 피와 먼지가 뒤엉켜 원래의 색을 찾아볼 수 없을 정도였고 그마저도 걸레 조각으로 변해 버렸다.

특히 합격술의 핵심으로 진유검의 공격에 가장 많이 노출된 유섭은 천우신조로 목숨은 구했지만 상태가 무척이나 심각했다.

왼쪽 팔은 어깨부터 흔적도 없이 사라졌고 부러진 양 다리는 뼈가 살갗을 찢고 튀어나오며 기괴하게 뒤틀렸다.

수하의 어깨에 매달려 거친 숨을 할딱이고 있는 유섭.

금방이라도 쓰러질듯 고통스런 표정이나 눈빛은 아직 죽지 않았다.

할 테면 더 해보라는 듯 도발적인 눈빛으로 진유검을 쏘아보았다.

평소라면 그런 유섭의 의지를 높이 사 아량을 베풀 가능성도 있었지만 전풍의 생사가 불투명한 지금 진유검에겐 아량 따위는 남아 있지 않았다.

전풍으로 인해 잠시 멈췄던 진유검이 다시 움직이자 살아남은 이들이 이를 악물고 자세를 바로잡았다.

진유검의 차가운 시선이 그들 뒤쪽, 다급히 달려오는 몽월단주에게 향했다.

달려오는 심정이 조금 전, 전풍에게 가려던 자신과 다르지 않을 터였다.

이를 용납할 이유가 없었다.

차갑게 미소 지은 진유검이 몽월단주를 향해 검을 날렸다.

꽈꽈꽈꽝!

거대한 파공성을 일으키며 빛살처럼 날아가는 검과 동시에 진유검의 신형이 허공으로 치솟았다.

왼손에선 전풍이 사용한 것과는 비교할 수도 없을 정도로 위력적인 연화장이, 오른손에선 무혼지가 발출되었다.

"마, 막아랏!"

유섭이 가래 끓는 목소리로 외쳤다.

하지만 그들을 보호해 줄 팔륜검진은 이미 무너진 지 오래였다.

설사 존재한다고 해도 살심이 하늘에 이른 진유검의 손속을 견뎌낼 가능성은 전혀 없었다.

퍽!

무흔지에 적중당한 몽월단원의 머리가 흔적도 없이 날아갔다.

퍽! 퍽!

화려하게 꽃피운 연화가 죽음의 공포에 사로잡혀 있던 두 명의 단원을 염라대왕 앞으로 인도했다.

눈 깜짝할 사이에 세 명의 목숨을 빼앗은 진유검이 유섭의 어깨를 밟고 올라섰다.

"으아악!"

바닥에 칼을 꽂고 그것에 기대어 힘겹게 서 있던 유섭이 처절한 비명을 지르며 주저앉았다.

살갗을 뚫고 나온 부러진 뼈마디가 무게를 이기지 못하고 더욱 돌출되었다.

"으으으으."

마지막 남은 단원이 공포에 질려 뒷걸음질 쳤다.

진유검은 그를 외면한 채 유섬의 머리를 지그시 눌렀다.

"크흐흐흐! 죽여랏! 어차피 네놈도 곧……."

괴소를 터뜨리며 마지막 발악을 하던 유섬은 머리가 목에 파묻혀 그대로 절명했다.

"안 돼!"

진유검이 던진 검을 막느라 잠시 주춤하는 사이 동생처럼 아낀 유섬이 목숨을 잃자 몽월단주의 입에서 비명과도 같은 처절한 외침이 터져 나왔다.

입가에 비릿한 미소를 지은 진유검이 유섬이 땅에 꽂아 놓은 검을 걷어찼다.

반으로 부러진 검이 겁에 질려 도주하던 몽월단원을 향해 날아갔다.

퍽!

부러진 검에 적중당한 몽월단원의 몸이 활어처럼 펄떡 뛰더니 달려오던 몽월단주의 품에 안겼다.

"다, 단주님. 피, 피해야… 괴… 물……."

끝까지 말을 마치지 못하고 힘없이 고개를 떨구는 수하의 몸을 꽉 안아 든 몽월단주가 이글거리는 눈빛으로 진유검을 노려보았다.

진유검과 몽월단주의 기세가 허공에서 부딪치며 화려하게 폭발했다.

몽월단주가 품에 앉은 수하를 바닥에 내려놓았다.

그리곤 전풍의 피로 얼룩진 검을 진유검에게 겨눴다.

상대에 대한 원한과 분노가 살기로 점철된 지금, 통성명이나 수인사 따위는 필요 없었다.

오직 들고 있는 검이 모든 것을 말할 뿐이다.

"타합!"

몽월단주가 힘찬 기합성과 함께 몸을 움직였다.

검에서 솟구친 붉은 기운이 검과 그를 에워싸며 장관을 만들어냈다.

진유검도 즉시 검을 뺐었다.

눈부신 청광과 혈광이 허공에서 부딪치며 대무산을 뒤흔드는 거대한 충격파를 만들어냈다.

몽월단주가 충격을 이기지 못하고 다섯 걸음이나 뒤로 물러났다.

그에 반해 진유검은 한참이나 더 뒤로 밀려났다.

누가 보아도 명백한 몽월단주의 우세다.

한데 그의 표정이 이상했다.

'너무 가볍다.'

검을 통해 전해진 진유검의 기운이 생각보다 약했다.

직접 접해보지는 못했지만 루외루의 수많은 고수를 쓰러뜨렸던 실력이라곤 전혀 믿을 수 없는 위력.

이유는 곧바로 밝혀졌다.

뒤로 쭈욱 밀려나던 진유검이 그대로 몸을 날려 전혀 엉뚱한 방향으로 움직이기 시작한 것이다.

진유검이 움직이는 방향을 본 몽월단주의 눈에서 불똥이 튀었다.

"이놈!"

몽월단주가 황급히 뒤를 쫓았으나 탄력을 받은 진유검의 속도와는 비교가 되지 않았다.

단 두 번의 도약으로 목표 지점에 도착한 진유검이 주저 없이 검을 휘둘렀다.

귀갑진(龜甲陣)을 펼치며 여우희를 강력하게 압박하고 있던 몽월단원들은 갑작스런 공격에 무방비로 노출되었다.

그 결과는 참담했다.

"크아아악!"

"커흑!"

처참한 비명과 함께 귀갑진의 한쪽 축이 힘없이 무너졌다.

다섯 명이 하나가 되어 펼치는, 그 모양새가 거북 등에 새겨진 무늬와 비슷하다고 하여 이름 붙여진 귀갑진은 진유검이 상대했던 팔류검진보다는 못해도 상당히 견고하고 뛰어난 합격진이라 할 수 있었다.

공방을 펼친 지 제법 시간이 흘렀음에도 여우희가 좀처럼 공격의 실마리를 풀지 못했을 정도다.

귀갑진 역시 여우희를 어쩌지는 못했으나 시간이 흐른다면 아무래도 합공을 펼치고 있는 쪽이 승기를 가져갈 가능성이 높았다.

하지만 나름 팽팽했던 승부는 진유검이 개입하면서 순식간에 끝장나 버렸다.

진유검의 일검에 귀갑진이 무너지자 여우희의 연검이 몽월단원들을 그대로 도륙했다.

설사 합격진을 펼치지 않더라도 개개인이 워낙 뛰어난 실력을 지녔는지라 그렇게 간단히 목숨을 잃지는 않았을 것이나 귀갑진이 무너지는 과정에서 상당한 충격을 받은 그들은 여우희의 공격에 제대로 반응을 하지 못했다.

"령주님, 어째서……."

여우희가 불쾌하기보다는 이해할 수 없다는 듯 진유검을 바라보았다.

"전풍이 당했습니다."

"예?"

진유검의 말에 여우희의 눈이 휘둥그레졌다.

"녀석을 부탁합니다."

귀갑진을 상대하느라 전풍이 생사의 기로에 선 것을 미

처 의식하지 못했던 여우희가 떨리는 음성으로 물었다.

"어, 어디에 있습니까?"

진유검의 손가락이 전풍이 쓰러져 있는 수풀을 가리켰다.

시선은 어느새 코앞까지 육박하고 있는 몽월단주에게 향해 있었다.

진유검을 따라잡은 몽월단주는 주저 없이 공격을 퍼부었다.

진유검은 여우희가 안전하게 몸을 뺄 수 있도록 다소 소극적인 모습으로 몽월단주의 공격을 막아냈다.

몽월단주가 차갑게 소리쳤다.

"또다시 도망쳐서 저자들을 도울 생각이냐? 마음대로 해라. 하지만 네놈이 도와야 할 놈들은 둘이다."

몽월단주가 귀갑진을 상대하면서도 다소 여유로운 모습을 보이는 임소한과 고전을 면치 못하고 있는 곽종을 가리키며 물었다.

"누구를 구할 생각이냐? 선택해라. 대신 다른 한 놈은 이 검에 반드시 죽게 될 것이다."

몽월단주는 유섬과 고참 단원들은 물론이고 여우희를 상대하던 수하들까지 그토록 허무하게 쓰러진 것은 자신이 진유검을 막지 못했기 때문이라 여겼다.

자신의 실수에 머리끝까지 화가 치솟은 몽월단주의 음성은 금방이라도 폭발할 듯했다.

순간, 진유검의 움직임이 거짓말처럼 멈추어졌다.

"도망? 착각하고 있군. 녀석이 저리된 순간부터 당신과 수하들의 운명은 이미 결정되었다. 아무도 이곳을 벗어나지 못해."

진유검의 기세가 일변했다.

"스스로의 무위에 상당한 자신감이 있는 것 같은데 그 자신감이 얼마나 허무한 것인지 알게 해주지."

입꼬리를 한껏 치켜 올린 진유검이 몽월단주를 향해 손을 뻗었다.

손가락 끝에서 뻗어 나온 몇 가닥 기운이 몽월단주를 향해 날아갔다.

빠르지도, 그렇다고 별다른 위력이 담긴 것 같지도 않은, 섬전처럼 빠르고 칼날처럼 날카로운 평소의 무흔지가 아니었다.

하지만 몽월단주는 그렇게 생각하지 않았다.

무림에 출도하여 단 며칠 만에 천하제일인이라는 소리를 들을 정도로 압도적인 무위를 보여준 수호령주다.

그의 손에서 발출된 지력이 평범하다는 것은 있을 수 없는 일이다.

자칫하면 큰 낭패를 볼 수 있다고 판단한 몽월단주는 더없이 신중한 자세로 검을 휘둘렀다.

땅!

지력과 부딪친 검이 찌르르 울렸다.

또 다른 지력이 연이어 날아들었다.

몽월단주는 전력을 다해 검을 휘둘렀고 그때마다 검을 통해 전해지는 고통에 오만상을 찌푸렸다.

장난과 같은 공격을 참지 못한 몽월단주가 붉은 기류에 휘감긴 검을 앞세우고 돌진했다.

"컥!"

몽월단주의 입에서 느닷없는 비명이 터져 나왔다.

걸음을 멈춘 몽월단주는 믿기지 않는다는 얼굴로 자신의 어깨에 깊게 새겨진 자상을 바라보았다.

'보이지 않았다.'

몽월단주의 얼굴이 처참하게 일그러졌다.

어깨의 자상에서 시작된 고통도 고통이지만 그보다는 바로 눈앞에서 자신의 어깨를 베고 간 진유검의 검을 제대로 확인하지 못했다는 것은 실로 충격적이었다.

무의식중에서도 자신을 보호하는, 가히 도검불침이요, 금강불괴의 경지에 이르게 하는 것은 물론이거니와 공격한 상대에게 치명적인 반탄강기를 발출하는 혈사강기(血邪罡

氣)가 너무도 허무하게 깨졌다는 것 또한 엄청난 충격으로 다가왔다.

하지만 충격은 잠시였다.

몽월단주는 그 정도의 충격에 흔들릴 정도로 약하지 않았다.

재빨리 냉정함을 되찾은 몽월단주가 검을 고쳐 잡았다.

오직 공손가의 직계들에게만 전수된다고 알려진 역천혈사공을 운용하기 시작하자 진유검을 향해 곧추세운 검에서 피보다 진한 혈기가 뿜어져 나왔다.

대무산 전체를 붉은 기운으로 도배하려는 듯 하늘로 솟구친 혈기는 이내 거대한 혈룡으로 형상화됐다.

한 마리, 두 마리, 세 마리.

순식간에 열여덟 마리로 늘어난 혈룡이 허공에서 꿈틀대는가 싶더니 서서히 하나의 혈룡으로 탈바꿈하기 시작했다.

혈룡진천검을 대성하면 모두 열여덟 마리의 혈룡이 현신한다고 하였으나 그것은 사실이 아니다.

열여덟 마리의 혈룡이 하나로 합쳐졌을 때, 바로 지금 몽월단주가 보여주듯 무아지경에 빠진 몸이 검과 하나가 되어 혈룡에 녹아들었을 때, 비로소 대성했다고 할 수 있는 것이고 혈룡진천검의 진정한 위력이 나타나는 것이다.

"확실히 강하군."

검신합일(劍身合一)의 경지를 완벽하게 이룬 몽월단주의 기세는 실로 대단했다.

보는 것만으로도 숨이 턱턱 막혔고 혈룡의 숨결만으로도 전신이 갈가리 찢겨 나가는 듯했다.

"충분히 자신감을 가질 만하군. 하나, 약속대로 그 자신감이 얼마나 허무한 것인지 보여주지."

담담히 내뱉은 진유검이 몽월단주를 향해 한 걸음 내딛었다.

가볍게 내딛은 걸음에 욱일승천하는 기세로 포효하던 혈룡의 거대한 몸이 크게 흔들렸다.

다시 한 걸음.

진유검의 기세를 감당하지 못한 혈룡이 다시금 물러났다.

'이, 이럴 수가!'

혈룡으로 화한 몽월단주는 지금 감당키 힘든 충격에 사로잡혔다.

무림을 뒤흔든 수호령주의 명성은 진짜였다. 아니, 오히려 소문이 그의 진면목을 가렸다.

수호령주는 단순히 강하다고 표현될 인물이 아니었다.

'루주.'

몽월단주가 자신도 모르게 공손후를 떠올렸다.

지금 진유검의 몸에서 뿜어져 나오는 기세는 폐관수련을 마친 공손후와 첫 대련을 했을 때의 느낌과 똑같았다.

어쩌면 그 이상일 수도 있다는 생각이 들었다.

진유검이 또다시 걸음을 옮겼다.

그에게서 밀려드는 기운을 감당하지 못한 탓인지 혈룡의 빛이 조금 엷어졌다.

더 이상 밀렸다간 아무것도 하지 못한다는 위기감에 몽월단주는 필사적으로 역천혈사공을 운기했다.

단전에서 시작된 거대한 힘이 사지백해로 뻗어 나가자 떨리는 마음이 조금은 진정되는 듯했다.

몽월단주는 간신히 찾은 평정심을 헛되이 버리지 않았다.

상대의 기운에 휘둘리지 않으려면 오직 공격뿐이다.

오직 단 한 번의 기회.

몽월단주가 전력을 다해 검을 움직였다.

순간, 거대한 혈룡이 입을 쩍 벌리며 진유검을 덮쳐갔다.

혈룡이 접근하기도 전에 용암처럼 뜨거운 열기가 진유검의 전신을 강타했다.

진유검의 안색이 살짝 일그러질 정도로 강맹한 열기였다.

진유검은 당황하지 않고 부드럽게 검을 움직였다.

그러자 그토록 강맹했던 열기가 검을 따라 사방으로 흩어졌다.

천망.

하늘의 그물이라는 이름답게 몽월단주의 공격을 완벽하게 막아냈다.

물러설 곳이 없었던 몽월단주는 포기하지 않았다.

자신의 공격이 천망에 의해 모조리 가로막힘에도 끊임없이 부딪쳤다.

어차피 뒤는 없었다.

한 번, 두 번, 세 번.

거대한 충격파가 주변 모든 것을 초토화시키기 시작하고 더불어 혈룡의 모습도 변하기 시작했다.

더없이 붉었던 기운이 엷어지는 것은 물론이거니와 머리의 뿔이 부러지고, 꼬리가 잘리고, 이빨이 부서졌다.

마지막으로 창칼보다 날카로운 발톱이 잘려 나갔을 때 그토록 굳건했던 천망에도 균열이 생겨났다.

"음."

진유검의 입에서 나직한 신음이 흘러나왔다.

입에선 가느다란 선혈이 흘러내렸고 들고 있는 검은 쩍쩍 금이 갔다.

"대단하군."

진유검의 입에서 탄성이 터져 나왔다.

설마하니 천망을 뚫릴 줄은 전혀 생각하지 못한 표정이다.

무황성에서 가장 강한 사람으로 손꼽히는 천무진천마저도 간단히 무력화시킨 천망을 뚫어낸 것은 충분히 인정해 줄 만했다.

진유검은 적인 아닌 한 사람의 무인으로서 몽월단주의 집념에 찬사를 보냈다.

"그 집념에 보답을 하겠소."

진유검이 금이 간 검을 몽월단주에게 겨눴다.

우우우웅!

웅휘로운 검명과 함께 검끝에서 투명한 강기가 피어오르더니 금방이라도 산산조각이 날 것 같은 검신을 부드럽게 감쌌다.

후우우우우우웅!

검명이 더욱 거세어지고 폭풍처럼 휘몰아치는가 싶더니 어느 순간, 갑자기 멈췄다.

동시에 폭발적인 기운을 품은 빛살이 몽월단주와 겨우 숨결을 유지하고 있는 혈룡을 덮쳐갔다.

빛살에 노출된 혈룡이 마지막 용틀임과 함께 수십, 수백 조각으로 갈가리 찢기며 쓰러졌다.

혈룡이 사라지자 사위를 휘감았던 빛살도 사라졌다.

남은 것은 중심을 잡지 못하고 비틀거리는 몽월단주의 처참한 모습뿐이다.

"크으으으!"

몽월단주의 입에서 고통스런 신음이 흘러나왔다.

진유검이 한껏 내력을 담아 뿌린 검의 파편이, 손톱보다도 작은 검편이 몽월단주의 머리에서 발끝까지를 완벽하게 뒤덮었다.

기경팔맥은 물론이고 전신의 세맥까지 모조리 끊어졌고 상상도 할 수 없는 압력에 오장육부는 모조리 녹아 사라졌다.

죽음을 앞둔 몽월단주가 진유검을 바라보았다.

온갖 감정이 뒤섞인 묘한 눈빛에 진유검이 한숨을 내쉬며 입을 열었다.

"훌륭한 무공이었소."

비록 아들의 복수를 하지는 못했지만 진유검의 진심 어린 칭찬은 몽월단주의 입가에 엷은 미소를 짓게 만들었다.

몽월단주의 고개가 힘없이 떨궈지는 것으로 사실상 모든 싸움이 끝이 났다.

진유검에게 최후의 공격을 감행하기 직전, 몽월단주는 임소한과 곽종을 공격하고 있던 수하들에게 도주를 명령했으나 단 한 명도 명을 따르지 않았다.

또한 항복을 하면 목숨은 살려주겠다는 진유검의 제안을 끝까지 거부하고 저항하다 장렬히 목숨을 잃었다.

진유검은 임소한의 손에 마지막 남은 몽월단원의 숨이 끊어지는 소리를 들으며 전풍이 누워 있는 수풀로 향했다.

빠르게 발을 놀렸지만 전풍이 몽월단주의 검에 고꾸라질 때만큼의 다급한 표정은 아니었다.

몽월단주와의 싸움 도중 전풍을 살피던 여우희로부터 급박한 상황은 일단 넘겼다는 전음을 들었기 때문이었다.

그렇다고 전풍이 상세가 위중하지 않다는 말은 아니다.

여우희가 이제는 재료를 구하지 못해 만들지 못한다는 소림의 대환단(大還丹)을 복용시키고, 탈진해서 쓰러질 정도로 내력을 쏟아부어 내부에서 요동치는 진기를 달래놓기는 했지만 전풍의 부상은 언제 어느 순간에 죽음의 위기가 찾아올지 모를 정도로 여전히 심각한 상태였다.

"전풍의 부상은 어떻습니까?"

곽종이 헐레벌떡 뛰어오며 물었다.

악전고투를 말해주듯 곽종의 몸은 피와 땀으로 흠뻑 젖어 있었다.

"고비는 넘겼다. 그리고 지금 전풍 걱정할 때가 아닌 것 같은데."

진유검이 곽종의 부상을 살피며 말했다.

아닌 게 아니라 곽종 또한 당장 드러누워 치료를 받아야 할 정도로 깊은 상처가 많았다.

진유검이 적시에 도움을 주지 않았다면 전풍보다 더한 꼴로 누워 있을 터였다.

"견딜 만합니다."

곽종이 멋쩍은 웃음을 흘렸다.

"큰일 날 뻔했군요."

어느새 곁으로 다가온 임소한이 걱정스런 눈빛으로 죽은 듯 누워 있는 전풍과 그 옆에서 운기조식을 하고 있는 여우희를 살펴보았다.

그 역시 곳곳에 부상을 당하기는 했지만 확실히 곽종보다는 훨씬 양호한 상태였다.

"제 탓입니다. 상대가 녀석을 먼저 노릴 줄은 전혀 생각 못했습니다."

진유검이 전풍의 얼굴에 시선을 고정시킨 채 씁쓸히 말했다.

"놈들도 작정을 했을 겁니다. 전풍이 전장을 헤집고 다니도록 놔두면 안 된다는 것을 알기에 말입니다."

"예, 그런 것 같더군요."

진유검이 동의한다는 얼굴로 고개를 끄덕였다.

그것이 아니라면 몽월단주가 다른 사람도 아닌 전풍을 가장 먼저 노릴 이유가 없었다.

"다들 대단한 실력들이었습니다. 이놈들이 야수궁과 함께 천마신교를 공격했다면 큰일 났을 겁니다."

임소한의 말에 곽종이 맞장구를 쳤다.

"맞습니다. 우리니까 이나마 감당한 것이지 지금의 천마신교라면 쉽지 않은 싸움이 됐을 겁니다."

말을 할 때마다 고통이 밀려드는지 찌푸려진 얼굴이 펴질 줄 몰랐다.

"후, 안 되겠습니다. 일단 몸을 추슬러야지."

자리에 주저앉은 곽종이 가부좌를 틀자 임소한도 그 옆에 슬며시 앉았다.

곽종과 임소한이 운기조식을 시작하려는 찰나 진유검이 왼쪽 수풀을 향해 고개를 돌리며 차갑게 물었다.

"이쯤하고 나와라. 언제까지 그곳에 숨어 있을 생각이지?"

난데없는 말에 임소한과 곽종의 몸이 그대로 굳었다.

"경고하지. 지금 당장 모습을 보이는 것이 좋을 거다."

진유검의 다시 한 번 말했다.

아무런 감정도 느껴지지 않기에 더욱 섬뜩한 음성이다.

진유검의 경고가 끝나자마자 조심스런 인기척과 함께 수

풀 속에서 세 사람이 걸어 나왔다.

눈이 번쩍 뜨일 정도로 아름다운 미녀와 삼십 대 중반으로 보이는 두 명의 사내였다.

그들의 등장에 임소한과 곽종의 얼굴이 경악으로 물들었다.

그들 한 명, 한 명에게서 전해지는 기운이 자신들의 실력에 버금가는, 아니, 솔직히 말해 능가하고 있음을 느꼈기 때문이었다.

두 사람의 반응과는 상관없이 진유검은 별다른 동요 없이 여전히 무심한 음성으로 질문을 던졌다.

"누구냐, 너희들은?"

『천산루』 8권에 계속…